リアルの私はどこにいる？

Where Am I on the Real Side?

森 博嗣

講談社
タイガ

［カバー写真］
Jeanloup Sieff

［カバーデザイン］
鈴木成一デザイン室

目次

Where Am I on the Real Side?

by

MORI Hiroshi

2022

リアルの私はどこにいる?

登場人物

グアト -- 楽器職人
ロジ -- 技師
アミラ -- 人工知能
オーローラ -------------------------------------- 人工知能
クラーラ -- 解析者
ニコラウス -- 研究員
ラウク -- 情報局員
ケン・ヨウ -- 不明者
ヴォッシュ -- 科学者
ミュラ -- 館長
セリン -- 情報局員
クラリス ------------------------------------ トランスファ
クリンメル -- 創業者

数千年前から、人類は闇《やみ》をさまよっている。けれどもいま、かつて予言されたとおり、変化が訪れつつある。やみくもに突き進む歴史を重ねたすえ、人類は分岐点にたどり着いた。この瞬間が来ることは、古文書や古代の暦《こよみ》や星そのものによってはるか昔に予言されている。その日はすでに決まっていて、目前に迫っている。

（The lost Symbol／Dan Brown）

プロローグ

たとえば、僕が牧場の子供として生まれ、小さい頃から羊たちと一緒に育っていたら、初めて家族以外の人間を見かけたとき、きっとどんなにか驚いたことだろう。まず、そもそも沢山《たくさん》の人間がいることを想像しなかったかもしれない。羊は沢山いるけれど、人間は家族だけだ、と子供だったら思い込むにちがいない。僕の両親はほとんど話をしないほど無口な人たちだったから、僕は多くの知識をモニタを通して得たけれど、それらはリアルなのか、それともフィクションなのか、そんな区別がないものだった。だからおぼろげに、現実ではないものが沢山あって、きっと多くのものが単なる物語なのだろう、と認識していた。実は今でも、少しだけ、そしてときどき、そういう気持ちになることがある。

科学をベースとした仕事をしていたのに、否、科学的知識を生半可《なまはんか》に持っているからこそ、なんというのか、人間の認識システムにおいて、知らず知らず個人的な先入観が紛《まぎ》れ込《こ》む可能性が排除できないことを、いつも意識させられてきた。もちろん大多数のケースでは、あまりにも馬鹿《ばか》げているし、ほんの少し考えれば辻褄《つじつま》が合わないことが理解できるはずなのに、と呆《あき》れてしまうし、世の中が摩訶不思議《まかふしぎ》なコモンセンスに薄くラッピングされていることは確かだろう。

いったい誰が、そんな大掛かりな仕掛けを作るだろうか？

みんなは何故《なぜ》そう問わないのか？

幾度かその疑問を投げかけた。壁にボールを当てる遊びのように、それを受け取るのは僕しかいない。そういうものなのか、と言い聞かせて、僕は、何度小さく肩を竦《すく》めたことだろう。

しかし、マガタ・シキの知性に出会ったことで、その「誰が？」という問いに答がありそうな予感を持ってしまったおかげで、世界の不思議さのストラクチャ・イメージは一変した。

つまり、誰でもない、マガタ・シキが、その大掛かりな仕掛けをすべて作ったかもしれない。それは、既に存在するものにちがいない。あるいは、これからもしだいに確固たる強固さを築くかもしれない、ということなのだ。

そんな架空の前提に立つと、何が変わるのか？

それはもう、なにもかもすべて、といっても良いだろう。

このカルチャ・ショックを、学問を志す若者が皆、味わうはずだ。

簡単にいえば、リアルというものがどこにあるのか、という問題。

もっと突き詰めれば、あるものとないものの区別、境界。

すなわち、存在という概念そのものが反転する。

リアルの世界では、人間の数が減っている。おかげで、エネルギィをシェアするための物理的な争いは減少傾向にある。感情的な争いは、ヴァーチャルへ取り込まれつつあるように観察される。リアルとヴァーチャルのいずれのサイドでも、人間よりも高い知性によって、より公平な判断が可能になったことも、平和に寄与している。人間は、人間以外のものに頼れるシステムを構築したのだ。そのため、人々は平均的には穏《おだ》やかになったといえるだろう。僕には、そう見える。

世界中を網羅《もうら》するルールが明確になったことも、平和の要因の一つだ。人間には作ることのできなかった詳細で厳密なルールが、今の世界を支配している。そこに身を任せられることが、穏やかな社会の基盤となっていることは疑いようがない。すべての活動が、まるでスポーツのように審判に見張られ、ルール違反は即座に罰せられる。審判には逆《さか》らうことができない。逆らう理由が、人間には見つけられないからだ。

このような管理を息苦しく感じる人も多いはずだ。だからなのか、もっと緩慢《かんまん》な制約と自由な環境を求めて、人々はヴァーチャルへ逃げ込んだのかもしれない。そのように分析する評論は多いようだが、いずれにしても結果論にすぎない。

残念ながら、僕はそうならなかった。僕はもともとルールが嫌いではなかったためか、絶対的審判に大きな嫌悪感を抱かなかった。僕は、自分のリアルから、充分な自由を得ていた。これ以上のものが欲しいと思ったことがなかったのだ。

記憶容量と処理速度の向上によって、ヴァーチャルは自由度を増し、解像度も飛躍的に向上した。人間という生きもののダイバーシティを拡張したことにはちがいない。

けれども、個人に関しては、以前からなにも変化がない。個人は、相変わらず個人が認識するだけの存在である。自分とは、自分だと思っているだけのものだから、変化のしようがない。外部からその大部分を観測できない。ずっとできなかった。

現在は、そうでもなくなったといえる。個人というもののどれくらいの割合なのかは不明だが、外部から覗《のぞ》き見ることがある程度可能になった。すべてのイメージは、頭脳の中に作られるけれど、そのイメージをアウトプットする数々の方法が開発された。

一方で、個人が持っている現実のイメージはどう変化しただろうか。ヴァーチャルの充実によって、リアルというもののイメージは確実に変化しているはずだ。今に始まったことではない。それは、ずっと以前から、太古《たいこ》の大昔から続いている、ほとんどコンスタントな推移に含まれるものだ、と僕は考えている。

一言で片づけるならば、リアルでないもの、つまりヴァーチャルも、かなりの領域が「リアル」として認識されているだろう。人が一旦《いったん》そう認識したら、それはもう立派な現実となる。

ヴァーチャルという領域は、物理的に存在しないというだけの区別しかないし、その区別だって明確に示すことは難しい。電子の信号は、物理的な状態だからだ。

ロジに比べれば、僕はヴァーチャルに浸る時間が短いと思う。研究のノルマを抱《かか》えていた頃は、仕事場がほとんどヴァーチャルだったけれど、今は、ロジがかつての仕事関係でヴァーチャルの棺桶《かんおけ》の中に入る。それ以外にも、彼女はレジャも、ヴァーチャル・サイドで楽しんでいるようだ。これは、僕の観察と予測であって、彼女から実際に聞いた話ではない。そういったプライベートには、立ち入らないことにしているからだ。当然、二人で一緒にヴァーチャルを楽しむこともごく僅《わず》かである。

僕には、そういった仮想の趣味というものが感覚としてどうも馴染《なじ》まないというだけの話である。そもそも趣味と呼べるほどの対象が、僕にはないといえる。ずっと、研究に没頭してきたから、もしかして、あれが趣味だったのかもしれない、と思う。今は、その名残《なごり》のような気持ちが燻《くすぶ》っている。

もう年齢的にも一線を退く方が賢明だろう。これもまた、僕の個人的なルールというのか、生きる姿勢のようなものかもしれない。ぼんやりとした「型」みたいな規範が自然発生したのか、どうも、言葉にしにくいけれど、そういう枠組みのようなものが、僕の頭の中に築かれているようだ。

人工知能たちには、この「型」があるだろうか？

たしか、二人と、オーロラとデボラだが、その点について話し合ったことがある。二人とも、形ではないが、そういった概念のような意識は持っていると答えた。理解してもらえたことを、そのとき僕は素直に喜んだ。

先日、古い街並みをアミラと二人で歩いた。アミラは、オーロラやデボラより古く、そして巨大な知性だ。

そこは、アメリカのかつてのスラム街のような場所で、百年まえなのか、二百年、あるいは三百年まえなのかわからない。とにかく、映画でしか見たことがない雰囲気《ふんいき》だった。周囲に人はいないものの、風に吹かれて紙屑《かみくず》が飛ばされ、地下室へ下りる階段に消えていった。リアルからは消えた風景だと感じた。

アミラは、ネクタイをした古風なスーツ姿で、これも映画で見たFBIの捜査官みたいだった。もっとも、僕のイメージではアミラは女性である。それは、彼女に最初に出会ったとき、これはリアルだったけれど、発掘された遺跡の巨大な女性像に起因している。だから今も、彼女は人間の何十倍もある巨人だと僕は感じていて、こうして普通サイズで登場しても、よくこのスペースに収まったな、と思ってしまう。彼女の知性だって、人間の頭脳にはとうてい収まらないはずだ。

彼女は、アメリカ大陸の中央付近で起こった政変で、今は忙しいと話した。具体的にどんな作業で忙しいのか、と尋《たず》ねると、関連データの収集と過去の記録の比較演算、またそれらの結果から予測される未来のシミュレーション作業だ、と答えた。人工知能は、研鑽《けんさん》を怠らない。彼女たちはどんどん賢くなるのだ。

僕は、マガタ・シキの共通思考について漠然《ばくぜん》としたイメージを話題にした。自分が思い描いている可能性について、それに伴ういろいろな疑問を投げかけた。アミラの返答も、イメージ的な漠然としたものだった。ただ、アミラはだいたいいつも漠然としている。それは彼女の知性の広大さによるものだ。

「私が、先生のおっしゃるような具体的なイメージにまで降下できないのは、どうしてなのか、と考えることがあります」彼女は言った。

「それは、まあ、百年以上の既往の情報のうち、君だけが解析できた細かい片鱗《へんりん》が、上昇気流に乗って舞い上がっているようなものですね」

「興味深い喩《たと》えですね」アミラは珍しく、そこで言葉を切った。演算しているのだろう。

「細かい片鱗は、何故上昇しようとするのですか?」

「うーん、いや、単なるイメージ」僕は答える。「具体的で有用な情報になるほど、量的な拘束を伴うから、どうしても重力には逆らえない。そんな感じでしょう」

「理解しました。私は、具体的なものは量的に微々たる振動の類《たぐい》だと判定する傾向があります。修正が必要かもしれません」

「そんなことはない。君は君の傾向で、君らしいわけだし、それこそ有用という意味でもあるはず。そういう話をすれば、人間一人一人なんて、本当に微々たるものですよ。そのぉ……、時間的にも、影響範囲にしても、ごくごく限られた存在です。君たちのように広がりを持つような能力が不足している」

「しかし、私たちを作ったのは人間です。また、マガタ博士も人間でした」

「過去形なのは、どうして?」僕は尋ねた。

「単なる、入手可能なデータの年代に基づいた統計的判断です」

「でも、何度か、僕はマガタ博士に会って、話もしている。彼女は、人間ではない可能性がありますか?」

「わかりません」アミラは答えた。「また、その判断に重要な意味はないものと考えられます」

「まあ、そうだね」僕は頷《うなず》いた。「そういうのが気になるのが、人間の愚かさかもしれない」

「話題を変えてもよろしいですか?」

「かまいませんよ」

「先生に会いたがっている人がいます。ドイツの科学者協会から発せられた招待状を持っています。オーロラが調べた範囲では、特別に問題のある人物ではありません」

「私に会いたいという理由は?」僕は尋ねた。

「不明です。会われますか?」

「うん、べつに、人と会うことが嫌いというわけではない」

「それは存じませんでした」

アミラが冗談を言うのは珍しい。彼女と別れたあと、今度はどこかの砂漠《さばく》か砂浜のような場所でオーロラに会った。ヴァーチャルの場合、このような背景がどうして必要なのか、とときどき疑問に思う。だが、真っ暗闇では会話はできても、冗談は言えないような気もする。

オーロラは、いつもの姿だった。基本的にロジに似ている。髪が長いことが多い。白いカジュアルな服装だった。照りつける日差しを反射していたから、眩《まぶ》しさに目を細めてしまった。もっとも、この世界には有害な紫外線は届かない。

「そのお話を私に任せず、アミラが直接先生に話したのは、よほど大事なことと演算したからでしょう」オーロラは言った。「私にはデータが不足しています」

「それで、私に会いたいという人はどんな人? 何の関係だろう?」

「予測ができません」オーロラは答えた。珍しい返答といえる。「危険性はないと判断しましたが、いかなる危険もないという事象はありえませんので、ご注意下さい。ただ、直接の因果《いんが》関係がない、という観察しかできませんでした」

「何故私に会いたいのか、その理由が不明だから?」

「はい」オーロラは頷いた。「普通は、嘘《うそ》でもなんらかの理由を伝えてくるのが一般的、いえ、人間には自然だと思います」

「では、人間ではないと?」

「人間ではない者は、普通は人間以上に人間らしく振る舞うものです」

「そうだね。やけっぱちなんだね」

「やけっぱちは、不適切な表現だと思いますし、そのような心境になる条件を想定することは無意味です」

「会ってみれば、謎《なぞ》は解けるよ」

「解けないかもしれません」

「うん、それはそうかもしれない」僕は微笑《ほほえ》んだ顔を伏せて、足元を見た。オーロラの靴を見た。ランニングでもするようなスニーカだった。「どこの人?」

「ドイツ、ハノーファの市民で、年齢は六十歳、女性、職業は数値解析技師、とのことです。この人物には問題はありません。履歴もしっかりとしています。ただ、本人かどうかは、確かめようがありません」

「どうして?」

「数年まえに、短期間ですが行方不明になっているからです。正確には、四年と十一カ月まえから、四年と八カ月まえまで。それは関係者が届けた日にちです。捜索はほとんど行われていません」

「旅行でもしていたのでは？　アミラどの関係は？」

「数値解析の国際的なノルマの一部をアミラが担当しているため、そちらの関係者から紹介があったそうです。それ以上の詳しい経緯は、私にはデータが届いていません」

「私に会いたい、といっても、楽器職人のグアトに会いたい、というのではないわけだね？」

「そうです。相手は、貴方《あなた》が日本にいると認識しています」

「そりゃあ、そう認識してもらわないと、逆に問題がある」僕は軽く頷いた。こういったとき、ヴァーチャルでは、その頷きの程度がどれくらい相手に伝わるものだろうか、と心配になることもある。ただ、それは現実でもまったく同じくらい問題なのだ。「それで、君はどう思う？」僕は、少しフランクに尋ねてみた。

「なにか、国家的な秘密をリークしようとしている、と疑いました。しかし、そのような立場に彼女はなく、可能性は低い。また、先生と同分野の研究をしていたわけでもなく、学術的な相談ないしは、情報提供とも思えません。もっと個人的な問題なのではないか、と想像しています」

「個人的というのは、彼女個人、それとも私個人？」

「フィフティ・フィフティです」

「なるほど」僕は、さきほどより強く頷いていた。「しかし、プライベートな話だったら、直接メッセージを送ってくれたら良い。なにも、天下有数の人工知能を仲介する必要はないのでは？」

「身近な人に相談したら、結果的にこうなった、という偶然かもしれません。それに、今おっしゃったその価値観は、私には部分的にしか理解ができません。それは習慣によるところが大きいものと考えます」

オーロラの意見は、慎重な参謀《さんぼう》、あるいは政策秘書のようだった。持ち上げられていることに気づき、少し気恥ずかしくもなった。僕はそんなに偉くなったのか。それとも、そう思わせておいて、なにかもっと別の要求があるのだろうか。

いちおうは、会うことを承諾することにした。この件について、ロジと話し合っても良いかと尋ねると、オーロラは、もちろんです、と微笑んだ。

僕は棺桶の中でリアルに戻った。数秒間は、そのままの姿勢でいることにしている。呼吸を五回数えてから起き上がった。隣の棺桶を見ると、ハッチが開いたままで、ロジはいなかった。僕がここへ来たときは、彼女もヴァーチャルにいたのだ。

地下室から階段を上がっていく。キッチンにもリビングにも、ロジはいなかった。出かけるときは必ず行き先と帰りの時刻を言い残していくはずなので、おそらく、外でクルマの整備をしているのだろう。歩いて散歩に出かけるようなことも、彼女の場合はない。

コーヒーを淹《い》れて、リビングのソファに座って、アミラとの会話の前半のテーマについて考えることにした。時間があるときの半分は思い浮かべているテーマだ。しかし、すぐにロジが戻ってきた。キッチンで冷たい飲みものをグラスに注ぎ入れてから、リビングへやってきた。

「オーロラとは、何の話でした?」彼女は尋ねる。「私も、オーロラと話をしていたんですよ」

「そういうことができるのは羨《うらや》ましい」僕は微笑んだ。オーロラは人工知能だから、数百人の人間と同時に会談が可能だろう。「いや、そのまえにアミラと久しぶりに話をした。私に会いたがっている人物がいる、と紹介された」

「会う? どこで?」

「ヴァーチャルで」

「なんだ、そういうことですか」

「リアルだったら、頭の毛が逆立った?」

「そんな技は習得していません。どこの人ですか?」

「ドイツ人で、六十歳の女性」

それを聞いて、彼女は口を斜めにして、目を細めた。ふんと鼻を鳴らしたかもしれない。ヴァーチャルなのだから、国籍も年齢も性別も、本来無関係だからだろうか。

「会いたい理由は？　あ、えっと、会うんですか？」ロジは尋ねた。

「理由はわからない。想像もできない。オーロラは、個人的な理由だと推定している。いちおう、会っても良いと返事をした」

「何ですか、個人的って。グアトのファンだとか？」

「面白いことを言うね」僕は微笑んだ。

「私も同席して良いですか？」ロジがきいた。「興味があります」

「へぇ……」これには、少し驚いてしまった。「どうして？　でも、相手が嫌がるかもしれないよ」

「グアトは？」

「いや、私はべつに……、嫌がっていない。たとえば、透明人間として立ち会うとか？」

「そんな失礼なことはできません。マナー違反です」

「そうだね。でも、君が一緒だと、なんだか、その、緊張するなぁ」

「よろしいのでは？　緊張した方が」

凄《すご》いことを言うな、と思ったものの、その感想を出力することは避けた。

第1章　私はどこにいるのか？　Where is my identity?

トリッシュは笑い声をあげた。「たしかに妙に聞こえますよね。つまり、全国民の感情の状態を計測するんですよ。意識のバロメーターの特大版と言ってもいい」国じゅうの通信をデータフィールドとし、フィールド内での特定のキーワードと感情を表す指標の出現頻度をもとにすることで、国民の気分が判定できる、とトリッシュは説明した。

1

その人物は、クラーラ・オーベルマイヤという名だった。数値解析を取り扱う技師だが、一般的には解析者と呼ばれる職業である。数字をインプットして計算を行うことが仕事だが、現代においては、ほとんどの職種が数字をインプットする。ただ、自分で計算をする人間はいない。解析者も、もちろん計算自体はコンピュータが行うわけだが、その計算プログラムに深く関わる技術を持っているかどうかが違っている。ほとんどの場合、どんな分野を専門にするのかで、別の名称になる。解析者と呼ばれるのは、周辺領域にそれほど立ち入らず、汎用《はんよう》的な解析手法を持っている才能に限られる。あらゆる方面に求められる能力といえるが、当然ながら、それをコピィする知能が追従するため、ベールに包まれたちょっとした手法が存在し、それらを「人間の勘」みたいに表現する。このあたりは、少々オカルトめいているといっても良い。

僕が翌日に会うと返事をしたので、ロジはほとんど徹夜でクラーラ・オーベルマイヤについて調べたようだ。日本とドイツの情報局には、彼女についてのデータがほぼ同じ分量で存在したようだが、これといって特異なものではなかった。現在は、非常勤職員としてハノーファ大学に勤務している。両親は亡くなっているし、彼女は結婚も出産もしていない。このレベルの情報はアミラがとうに調べたところだろう。血縁者についても過去に遡《さかのぼ》って広く調査したはずである。犯罪に関するような記録はなく、資産についてもごく平均的な範囲と認められた。

ミュンヘンの科学博物館が約束の場所だった。といっても、ヴァーチャルである。いわば、博物館内に展示されているジオラマの中に飛び込んだような感覚といえる。表通りが見えるラウンジのテーブルに、クラーラ・オーベルマイヤの姿があった。近づいていったとき、こちらを向いたのは彼女だけだった。ほかのテーブルにも人が沢山いるけれど、これらはエキストラだろう。

クラーラは、黒のスーツを着て、真っ赤といって良いほどのジンジャ・ヘアだった。見た目は若い。ロジと同じくらいに見えた。軽く握手をして、ロジをアシスタントだと紹介してから、僕たちはテーブルに着いた。椅子《いす》は三つしかなく、クラーラとロジが僕に対面した位置関係だ。

「お会いできて、大変光栄です」クラーラは静かで知的な口調だった。「博士の著作物はほとんど目を通しております。今は、どのようなお仕事をなさっているのですか？　最近は、あまり表に出ないようにされているのですね？」

「ええ、引退したと思ってもらってけっこうです」僕は答える。「それで、用件は何でしょうか？」

「先生のウォーカロン判別器が、私の大学にも設置されています。医療関係の学科が使っているもので、私はそことは無関係なのですが、たまたま友人に誘われて、その機械で自分を試しました。すると……」

「ウォーカロンだと判定されたのですね？」僕は尋ねた。

「そうです。でも、もちろん、私はウォーカロンではありません。その友人も、それはよく知っています。それ以外にも、五十年近くのつき合いで、幼馴染《おさなな》みもいます。五十年まえには、ウォーカロンは今ほど一般的ではありませんでした。そうですよね？」

「はい、そのとおりです。あのぉ……」僕は、測定の誤差について話そうと思った。

「いいえ、測定は百パーセントの精度ではないことなら、承知しています。先生のシステムについて文句を言いたいのではありません。その結果を聞いたときも、私は、まあ、そんなこともあるだろう、自分は少し変わっているから、一般的な判定ができない固有の要因を持っているのだ、と解釈しました」

「その解釈を私も支持します」僕は頷いた。相手が冷静なようで安心したし、また同時に知性が高いことも理解できた。見かけの年齢ではないことを知っているので、余計にそう感じたのかもしれない。「世界中の測定結果は、順次データとして送られてきます。それらを踏まえて、今後の評価指標が修正されていきます。システムは発展している、ということです。それでも、完璧《かんぺき》にはなりえません」

「いえ、それは良いのです」クラーラは、一瞬苦笑いのような表情を見せた。「私がウォーカロンでないことは、私自身が知っています。誰かに証明してもらうような事案ではありません。そのことで、先生に会いにきたのではありません」

「では、何でしょうか?」僕は軽く首を傾《かし》げた。

「実は、この頃、私は活動の場をヴァーチャルに移していて、リアルの自分から離脱する未来を考えておりました。リアルには、もうそれほど未練もありませんので」

「では、ますます、ウォーカロンかどうかなど、無関係になるわけですね」

「はい。ただ、でも、完全にこちらへシフトし、リアルの肉体を消去しようとまでは考えておりませんでした。それは、自分でもよくわからない感情なのですが、なにか、まだあちらでやり残したことがあるような気がするからです。いえ、具体的にそれが何なのか、ということは、ええ、自分でもわかりませんけれど……。あの、意味不明でしょうか？」

「いえ、わかります。それに、それが普通だと思います、少なくとも私には、その感覚が理解できます」

「ありがとうございます。周囲では、その、特に私よりも若い人には、ほとんど理解されません。いえ、どうも、余分なことを話してしまって、申し訳ありません」

彼女は、そこで言葉を切って、僕をじっと見据えたまま黙ってしまった。僕は、一瞬だけロジに視線を移した。ロジは、微妙に表情を変えて、意味不明のサインを送ってきた。たぶん、言葉にすると、「どうしようもないな」くらいだろう。

「あの、それで？」僕は、再度クラーラに促《うなが》した。

「はい。実は、リアルの私が現在、その、行方不明なのです」

「は？　どういうことですか？　貴女《あなた》がここにいるわけですから、どこかで端末を使っているのでは？」

「そうだと思いますが、それがどこなのか……」クラーラは一度目を瞑《つぶ》り、溜息《ためいき》をついた。「友人が教えてくれました。私は、ログオフしようとしましたが、何故かできません。元に戻れなくなってしまったんです」

「えっと、いつから、ヴァーチャルにいらっしゃるのですか？」

「もう、三週間くらいになります」

「その間、リアルの貴女は、どうやって生きているのでしょうか？」

「わかりません。どういう状態なのかも、全然わかりません。たぶん、意識がない状態だと思いますから、一人では生存は不可能です。なんらかの、医療措置《そち》が施《ほどこ》されているはずです」

「お心当たりは？」

「まったく」彼女は首をふった。「最初は、友人に……、大学の同僚なのですが、私の研究室に入ってもらい、確認してもらいました。それが、二週間以上まえのことです。私の研究室にある端末から、私はヴァーチャルにログインしていたのです。ついつい、ログインの時間が長くなり、気がつくと二十四時間以上経過することも多くなっていました。でも、肉体的な変調があった場合には、こちらに知らせるようになっているはずです。そういった警告はまったくありませんでした」

「警察には、連絡されましたか？」それを尋ねたのはロジだった。

「しました。いえ、友人がしてくれました。大学でも、調査を始めたようです。でも、私はどこにもいないそうです」

「なるほど、大まかな事情は理解しました。ただ、その問題は、私には解決できそうにありませんが……」

「もちろん、私もそう考えておりました。でも、二週間ほど、これまで周辺であったことをあれこれ思い出したところ、やはり、ウォーカロン判別器が関係していると思うようになったのです」

「どういうことですか？」

「はい。私自身の感覚として、自分に対する違和感が、半年ほどまえからでしょうか、ときどきありました。どう説明して良いのか、わからないのですが、自分の感覚が馴染まないような、自分が別人のような、そんな感じというのか、見ているものと、見ようとしているものが少し違う……。何度か、目眩《めまい》に襲われたり、頭痛が続いたりしました。今思うと、それ以前にはなかったことです。そんな違和感は半年ほどまえからなのです。そして、一カ月ほどまえに、ウォーカロンの判別器を試しました。そのときも、私は、単なる体調不良くらいにしか思っていませんので、問題を関連づけてはいませんでした。でも……、そのあと、しばらくして、その……、とても恐ろしいことに気づいてしまったんです。そう考えると、いろいろなことが辻褄が合う、つまり説明がつくような気がするのです」

クラーラは、私を真《ま》っ直《す》ぐに見つめている。口が僅《わず》かに動いたが、言葉を探しているのか、話は途切れた。

「どう辻褄が合うのでしょうか？」僕は話を促した。

「つまり、その、私の肉体は、あるとき……、おそらく半年ほどまえに、ウォーカロンと挿《す》げ替《か》えられてしまったのではないかと」

「半年まえに、なにか、そんな機会がありましたか？」

「半年まえ、私は交通事故に遭って、大きな外科手術を受けました。数日意識がありませんでした。たぶん、あのときではないかと」

「警察に、それを話しましたか？」

「もちろん話しましたが、信じてもらえなかったように思います。そういうことが技術的に可能だとは、考えていないのかもしれません。博士は、この点をどうお考えになりますか？」

「技術的には可能ですね。でも、そんなことをする理由を思い浮かびません。何のために、そんなことをするのか。誰がそれをするのか。しかも、ご本人の承諾《しょうだく》もなく」

「心当たりはまったくありません。不思議でしかたがありません。でも、その……、たとえば、なんらかの陰謀に巻き込まれたとか……、ええ、本当に、それくらいしか想像できません」

2

クラーラと別れ、ログオフしてリアルに戻ってから、僕はロジと話し合った。まずは、クラーラの印象をロジに尋ねた。

「全然わかりません。でも、まあ、普通です。ああいう人って、大学の研究所にはいますよね。数字で頭がいっぱいの人」

「私みたいな?」僕は自分を指差した。

「そうです」ロジは自信をもって頷いたようだ。「まずやるべきことは、警察がどれくらい動いているのか、それから、情報局がタッチしているのか、を調べることです。二時間ほど時間を下さい」

「時間ならいくらでもあげるけれど」僕は、コーヒーカップを口につけた。それを見届けて、ロジは再び地下室へ下りていった。僕は階段まで近づき、下へ向かって彼女に伝えた。「三十分くらい、散歩をしてくるから」

「お気をつけて」と彼女の声。

散歩のコースは決まっている。家を出て、右へ向かう。道は上り坂で、丘へ向かっている。草原のような場所に出て、そこで道が不鮮明になるから、歩けるところをぶらぶらとしたあと、また同じ道を下って帰ることになる。途中に分かれ道もなく、また人が住んでいるような建物もない。せいぜい物置のような廃墟《はいきょ》が数軒ある程度。どこにも行けないから、クルマも通らない。

薄曇りの空を眺《なが》めつつ、地面から突き出た平たい岩に腰掛けた。

人間をウォーカロンと交換する目的は何だろう?

本人がより完全に近いボディを必要とした場合以外に、そんな面倒で金のかかることをする動機を思いつけなかった。

どのような手順で、頭脳の機能や記憶が移植されたのかも考えた。そもそも、リアルからヴァーチャルへ個人をシフトさせる試みが、最近話題になっているところだ。それは、まだ「先進的」な行為として一般には認識されている。

クラーラは、長時間ヴァーチャルにいる生活だったようだ。また、外科手術を受けているときにボディが入れ替わった可能性が高い、と話した。しかし、それ以前に、思考組織の解読と再現および移植、さらにメモリィの転送が行われていなければならない。それには、彼女がヴァーチャルへのシフトを予定し、その準備をしていたことが前提となる。そのデータを用いることが可能ならば、ウォーカロンの頭脳にそれらをインストールすることで、物理的にボディを入れ替えることができる。

もう一度、詳しい事情をクラーラにきく必要があるけれど、そのまえに、リアルの彼女を探す必要があるだろう。警察は、おそらくそれを把握《はあく》しているのではないか、と僕は考えた。現在では、よほど入念な偽装工作をしないかぎり、行方不明になることは難しい。街のどこにでも、記録が残っているからだ。

もちろん、行方を把握しても、個人を拘束することは法律上はできない。警察は手が出せないのかもしれない。次に、こういった場面で出てくるのが情報局である。この個人のボディの入替えが、どんな問題を抱えているのかによって、扱いが当然違ってくるはずだ。

少なくとも、個人的な問題ではない。なにしろ、もし現実にその入替えが行われたとしたら、莫大《ばくだい》な費用がかかるからだ。その事故後の手術をした医療チームも関与していることになる。個人的な行為とは考えにくい。一生かかって個人が稼ぐ資金を超えるほどの出費が必要となるはず。

目的は何だろう?

そこが最も不思議な点だ。思いつくのは、やってみたかった、つまり実験的な行為かもしれない。なんらかの新技術を試すために? しかし、一般人を試験体にするだろうか? 単なる興味本位で実行するとは、とうてい考えられない。

たまたま、ウォーカロンが受け皿として利用されているだけで、ロボットでも同じことが可能である。そちらの方が社会的な抵抗感は少ないだろう。ただ、個人の分身を作ることの可否は、倫理的な問題になる。そのような法整備が将来的には必要となりそうだ。

さらにまた、技術的には、人間に対しても、他人の頭脳をインストールすることが可能である。この場合、他人のボディを乗っ取ることになる。インストールといっても、データのコピィであるから、オリジナルの人格には影響がない。個人が複数になる。これは、かなり危険な状況なのではないか、と直感的に、あるいは本能的に拒否反応を示す人がほとんどではないか。

ヴァーチャルへ人格をシフトさせる技術は、逆方向のシフトあるいは、別のボディへのシフトと、プロセスとして大差がない。この点は、これまでに指摘されただろうか。僕は専門家ではないが、少なくともウォーカロン絡《がら》みの問題としては、話題に上ったことがないように思う。ヴァーチャルへのシフトについても、つい最近まで実態を知らなかったくらいだ。

リアルには、栄養補給を全自動で行う頭脳の培養装置が実在し、ヴァーチャルとのアクセスを持続するといった形態でしか、人間のヴァーチャル化を想定していなかった。多くの人が、おそらくそこまでならば想像したはずである。まさか、すべてをデータ化して、すっかり転送することが可能になるとは、つい最近まで考えてもみなかった。人間の頭脳の思考や記憶は、電子化するには複雑すぎるという幻想を抱いていた。たしかに、それは幻想だったのだ。

しかし、今ではその神話、まさに神話と呼ぶに相応《ふさわ》しい人間の概念は崩れつつある。否、既に跡形もなく消え去っているといっても良いだろう。想像していたよりも、人間は簡単なメカニズムなのだ。肉体の多くの機構が、人工的に再生されるようになり、ついには頭脳も、完全な人工化が可能になった。考えてみれば、この実現を阻《はば》むような障害は、存在しなかった。生きもののスピリッツのようなものは、幻想だったのだ。

そこで急に、マガタ・シキ博士の〈共通思考〉のことが頭を過《よぎ》った。

あ、そうか……、と感じた瞬間に、夢を見ていたように、何がそうなのか、わからなくなった。わかったという感覚だけが残留して、たった今、何をどう考えていたのかも、煙のように消えてしまった。

こういったフィーリングは、研究をしている者にはごく日常のことだ。珍しくもない。よくこの擬似的閃《ひらめ》きに襲われる。前頭葉の中心辺りで、なにか勘違いしているのか、それとも、実は正しい連想や予感を無意識が知らせているのか。

その場で考え続けても、解決に辿《たど》り着《つ》けることはない。一度すっかり忘れて、別のことをしているときに再来し、運が良ければ、そのときに摑《つか》めることもある。百に一つくらいの確率だろう。

散歩の後半は下り道。帰宅して、仕事場で塗装作業を始めた。まだ下塗りである。窓を開けての作業になる。そういえば、今日はほとんど無風だった。塗る作業自体はすぐに終了して、昨日塗って乾燥させていたものをサンディングする。細かい粉が床に落ちる。これは、あとで掃除機で吸うことになる。床で掃除ロボットが待っているわけではない。ドアが開いて、ロジが部屋に入ってきた。ちらりと見ると、眉《まゆ》を顰《ひそ》め、難しい顔だった。

「警察は、ほとんどなにも調べていません。近辺や仕事場周辺を数日巡《めぐ》っただけのようです。クラーラ・オーベルマイヤさんは、今も発見されていません。自宅はアパートの一室ですが、鍵《かぎ》もかかっていましたし、事件性を示すようなものは見つかっていません。彼女は、自分でドアを開けて、出かけていったことが、近所のカメラに記録されていたそうです」ロジは、そう話しながら、僕に端末のモニタを見せた。赤毛の白人女性の顔だった。

「これが、リアルのクラーラさん?」僕は念のためにきいた。ロジは無言で頷いた。

「ヴァーチャルとあまり変わらないね」

「そうですか? 全然違いますよ。リアルの方が三十歳は老《ふ》けて見えます」

「へえ、そう? それじゃあ、その入れ替わったウォーカロンの問題なのかも」

「何の問題ですか?」

「いや、なんでもない」僕は首をふった。あまり深入りしたくない方面である。「警察は、捜査を打ち切った、ということ?」

「新たな情報提供があれば動く態勢にはある、とのこと。それで、次に、情報局に問い合わせました、ドイツの」

ロジが、ドイツのとわざわざ付け加えたのは、彼女が日本の情報局員だからである。局員だった、と過去形にするのが正式だが、実際には現在もつながりがある。休職中といった方が適切だろう。

「情報局は、大学のウォーカロン判別器からのデータを入手したそうです。送ってもらいました」ロジは、モニタを切り替えて、僕に端末を見せた。

表示されている数値をざっと見た。自分が開発したシステムだから、すぐに内容が理解できた。これを正確に解釈できる人間は、世界でも十人くらいしかいないはずだ。

「ドイツ情報局は、これを分析したって？」途中で顔を上げて、ロジを見た。

「いえ、個人情報でもあり、直接はタッチしていないとのことです」

「まあ、そうだろうね。分析ができる人間は滅多《めった》にいないし」僕は微笑んだ。

「で、どうですか？」腕を伸ばし、モニタを僕に向けた姿勢を維持したまま、ロジがきく。「開発者の見解は？」

「妥当な判断だ。間違っていない。明らかに、この検査を受けた人物はウォーカロンだね。まさか、判別器で測定されるような機会があるなんて、考えてもみなかったんじゃないかな」

「誰がですか？」

「うーん、つまり、人間のクラーラさんの代わりに、ウォーカロンを送り出した人物」

「人物？　というよりも、組織なのでは？」

「組織は、人物によって構成されている」

「そうともかぎりません。人工知能が企《たくら》んだという可能性だってあります」

「何のために？」

「何のためだとお考えですか？　それを尋ねてほしい、それが情報局がデータを提供する見返りに要求した条件です」

「では、わからない、ごめんね、と報告しておいて」僕は答えた。

「それでは通りません」

「うーん、さっぱりわかりませんでした。大変申し訳ありません。反省しています。気安く情報を求めたことを心より謝罪いたします、なら？」

「同じです」ロジは口を尖《とが》らせたが、すぐに笑顔になった。「受け答えをしているのは、人工知能ですから、言葉を飾っても無意味です」

「とりあえず、そう答えておいたら、どうなる？」

「おそらく、もっと調べてほしい、と依頼してくると思います。情報局も、知りたがっています。警察よりも重要視しているのは、判別器のデータがあるからです」

「つまり、クラーラさんが話していることは真実だということだね。そもそも、アミラが私に彼女を会わせたのも、そのためだ。アミラは事態を把握している。でも、それを語らずに、先入観なしで私にクラーラさんと会わせた。どういった依頼になるのか、見たかったのかな」

「どうしますか？」ロジが尋ねた。「私は、あまりこの件に関わらない方が良いと思いますけれど」

それは予測していたとおりである。ロジは、この種のことに対して常に消極的だ。情報局絡みの任務は危険が伴う、というのがその理由である。

3

オーロラと十五分ほど話し合った。クラーラ・オーベルマイヤについて、僕が知ったことは、既にオーロラは知っていた。知らないふりをしたことを上品に謝罪した。アミラも同じだという。今後の活動には全面的に協力する、と話した。

ロジのクルマで出かけることになった。三時間ほどハイウェイを走り、クラーラが勤めていた大学を訪ねた。事前に連絡をしておき、クラーラの同僚のニコラウスという人物に会うことになっている。また、情報局からも、コンタクトがありそうだ、とロジが説明した。コンタクトといっても、すれ違いざまに肩がぶつかる、という意味ではない。

ハノーファ大学の工科系の学科の建物は、石造風のクラシカルなデザインだった。クルマが駐車場に入るのを見ていたのか、中年の男性が玄関に現れ、出迎えてくれた。彼がニコラウス本人だった。

彼は、情報工学が専門で、クラーラとは仕事で、仲間といえる関係にあった。また、個人的には、彼女の家に二回ほど食事に誘われたことがあった、と話した。ウォーカロン判別器の測定のときにも立ち合っていて、測定器が研究室に来たばかりなので、できるだけ大勢を対象として測定の練習をしたい、と学科の医療科の助手から頼まれ、知合いを誘って試験をしていたらしい。

「私たちは、人間もウォーカロンも同じものだと考えています。ここには、古い差別的な認識はありません。ですから、どちらの結果になってもまったく問題にはなりませんし、まして、プライベートなことだから協力しないという選択も、個人の自由として尊重していました」

「でも、クラーラさんは、受けられた」

「ええ、気軽に参加してもらえました」

「彼女は、結果に驚きましたか?」僕は尋ねた。

「私自身が、結果を伝えました。ヴァーチャルで会ったときにです。ええ、驚いていましたよ。そんなはずはない、と彼女は言いました。ですから、機械の能力は完璧ではない、いかなる測定にも誤差は生じるものだ、と話しました」

「それ以外には？　彼女から、少し違和感を持っている、といった話を聞きませんでしたか？」

「違和感？　いいえ、そんな話はしていません。彼女がそう話しているのですか？　何に対する違和感ですか？」

「ヴァーチャルで、クラーラさんと話をしていませんか？」

「そうですね、ここ二週間ほど、彼女を見かけなくなりました。リアルのクラーラが失踪《しっそう》して、そのときは警察にも協力をしたし、大学としても情報を集めました。でも、結局なにもわかっていません。そのあと、彼女とは、数回、短い会話を交《か》わした程度です。会えば、まだ見つからないという話になりますし、とにかく、励《はげ》ますことしかできません。クラーラは、元気ですか？　大丈夫でしょうか？」

「私にも、それはわかりません。元気かどうかは、ヴァーチャルでは表に出ないのでは？」

「ええ、まあ、そうかもしれませんけれど……」ニコラウスは痙攣《けいれん》するように微笑んだ。

「警察は、リアルの彼女は自分からどこかへ出かけていったようだ、と話しています。ですから、大掛かりな捜索は行われていない。もしかしたら、ヴァーチャルのクラーラの方を疑っているのかもしれません」

「なるほど。ヴァーチャルの方が偽者だということですね」

「偽者かどうかは、わかりませんが、他者に人格を乗っ取られている可能性があると考えられる、そういうことでしょう」彼は息を吐《は》いた。「少なくとも、ヴァーチャルの乗っ取りの方がエネルギィ的には簡単ですし」

「乗っ取られていないにしても、クラーラさん自身が、リアルとヴァーチャルで分かれてしまった、という可能性もありますね」僕は言ってみた。それは信じられないことだと思いつつ。「つまり、自身の内での離別みたいな」

「どうでしょうか。考えにくいと思います。それだったら、探してくれなどと言い出さないはずです。静かに離別すれば良いだけではありませんか?」ニコラウスは、手を振って笑った。「現に、そういう人は沢山いると思います。もうヴァーチャルはやめよう、と思っているリアル・サイドと、残されたヴァーチャル・サイドで勝手に生活している人格? いるんじゃないですか?」

「普通は、リアルの人間が端末からアクセスしなければ、ヴァーチャルの人格は存在しないと思いますが……」僕は常識的なことを話した。もちろん、そうとは限らないことは知っている。

「技術的に、抜け道はいくらでもあります。もし表沙汰《おもてざた》になれば、明らかに違法と判断されるものもあるでしょう。でも、リアルでロボットやウォーカロンを製造するのと、動機は同じですよ。ヴァーチャルの人格、それも自律した人格を作り出したいという欲求を持っている研究者は、きっといるはずです」

「実際に、そういう話を聞きますか？」僕は尋ねた。

「固有名詞を伏せて、話だけなら伝わってきます。心理学者、哲学者、それから情報工学者も興味があるところでしょう。コードとデータだけで人間を作り出せるわけですから」

「貴方も、興味がありますか？」

「いえ、私は……」ニコラウスは首をふった。「宗教的にというか、倫理的に拒絶しますね、やっぱり。ヴァーチャルへのシフトも、私は基本的に反対の立場です。その点では、そう、クラーラとは意見が合いませんでした。何度か議論をしましたが、平行線のままです。だけど、意見を一致させるような問題ではないように思います。そうじゃありませんか？」

「クラーラさんがリアルで行方不明になったことと、ウォーカロンの判定結果が出たことについて、関連があると考えていますか？」僕は尋ねた。

「いえ、最初は、そこまで考えは及びませんでしたよ」両手を広げて、彼は首を竦めた。「クラーラは、なにかの事件に遭遇した、つまり、何者かによって誘拐されたのだと考えました。だって、そうでなければ、ヴァーチャルの彼女が事情を知らないはずがありませんからね。だけど、彼女がヴァーチャルへのシフトを準備していたのだとすれば、ありえない話でもないと、ええ、冷静になって考えてみたら」

「もう、リアルのボディは必要ない、と考えたかもしれない、ということですか？」

「ええ、そうです。もしかしたら、その可能性があると、うん、警察もきっとそれを疑っているのだと思いますよ」

「その場合、つまり、彼女はリアルでは自殺したというような話になりませんか？」僕は際どい質問をしてみた。

「ありえないことではない。リアルで生活するには、無駄にエネルギィが必要だ、と彼女は話していましたからね。もうリアルの消費で資産を減らしたくないと考えたのかもしれない」

「でも、その場合、ヴァーチャルで捜索願を出したりしませんよね」

「そうなんです。そこが不思議な点です」ニコラウスは何度か小さく頷いた。

ここで、話が途切れた。僕はロジの顔を見た。なにかききたいことがあるなら、と目で誘ってみた。やはり、リアルの方が表情を窺《うかが》うのには向いている。

「リアルのクラーラさんに、違和感を持たれましたか？」ロジが質問した。

「いいえ、全然」彼は首をふった。「そんなに親しいわけではありませんから。ええ、なにも気づかなかった。いつものとおりの彼女だったと思います」

ニコラウスと別れ、通路を歩いて玄関に向かうと、ロビィにいた長身の男性がこちらを見て軽く頷くような仕草《しぐさ》を見せた。

「情報局員です」ロジが僕に小声で告げた。「認識信号を交換しました」

「ラウクといいます」握手を求めて、片手を差し出した。「ご協力に感謝いたします」

「いえ、まだ協力すると決めたわけではありません」ロジが横から言った。

ラウクは、ロジを見て友好的に微笑んだ。情報局員にしてはジェントルな態度といえる。しかし、二人は握手をしなかった。

「ニコラウス氏は、いかがでしたか？」ラウクがきいた。

「いえ、なにも」僕は答える。「警察がどの程度の情報を得ているのか、今から聞きにいこうと考えていましたが」

「いや、それには及びませんよ」ラウクは首をふった。「警察はなにも摑んでいません。周辺を探したみたいですが、何一つ手掛かりになるようなものは出ていません。綺麗《きれい》すぎるほど、なにもない。そう話しておりました」

「彼女が交通事故に遭っている点は、どうですか？」ロジが尋ねた。

「単独事故でした。怪我《けが》の治療に当たった医療関係者から、話をきいたようですが、怪しい点はない。失踪とは無関係だろうと結論づけています」

「情報局は？」ラウクがこちらを見たので、僕はきいた。「なにか、不自然な点はありませんか？」

「我々は、自然か不自然かという判定をしません。ただ、できるかぎり情報を集めて、真実に近づきたいだけです」

政治家のコメントのようではないか、と僕は思った。しかし、常にAIのアシストを得ている情報局員であれば、これくらいのことは簡単に発言するだろう。

「個人的に興味はあります」僕は率直に話すことにした。「どういった理由でこのようなことが起こるのか、自分に利益があると考えて誰かが行動したことは確かだと思います。偶然に発生したものではない。思いついたこと、考えたことはすべて話しますから、そちらが持っている情報を提供してもらえませんか？　張り合うつもりはないし、競争しても無意味でしょう？」

「おっしゃるとおりです」紳士的な表情は仮面のように変化がない。「情報局が摑んでいるデータも限られています。クラーラ・オーベルマイヤは、インドから十五年ほどまえにドイツに来ました。こちらで就職し、二年後に国籍を取得しました。インドにいた頃のことは、残念ながら一部しかわかっていません。田舎町《いなかまち》の工場に技師として勤めていたようですが、才能が認められたのか、工場長に就任しました。それを五年間で辞めて、ドイツに移ってきたのです」

「親族は、インドにいるのですか？」

「いえ、そのデータはありませんでした。ドイツにも、親族は存在しないようです」

「親交のあった人は?」

「警察も調べたようですが、ほとんどといって良いほどありません。もっとも、ヴァーチャルでなら幾らかはいるようですし、研究や仕事上の関係者も、ほとんどヴァーチャルでつき合っていたようです」

「ニコラウスさんくらいですか? 自宅へ訪ねてきたのは」僕はきいた。

「いいえ、違います。自宅のアパートで同じフロアの住人が、別の男性がときどき訪ねてきていた、と話しています。いつも同じ人物のようだった、と」

「その人物は、彼女がいなくなってからも来ているのですか?」

「いいえ」ラウクは首をふった。彼は片手を差し出して、手の平にホログラムを映した。「この人物です」

アジア系の中年男性だった。長髪で、頭に組紐《くみひも》のようなヘアバンドを付けている。

「誰なんですか?」僕は尋ねた。

「いえ、わかっていません。今、どこにいるのかも不明です。警察も探しているはずですが」

それは珍しいことだ、と僕は思った。周辺のカメラに記録されているはずだし、アップの映像がこれほど鮮明に残っているのに、足取りが摑めないといったことがあるだろうか。

以後はヴァーチャルで会いましょう、と約束をして、ラウクと別れた。僕はロジが運転するクルマの助手席に収まった。彼女のクルマは、液体燃料を燃やして走るクラシックカーである。有害な排気ガスが噴出するし、独特の匂《にお》いも周辺に立ち込めるが、その匂いが何なのか、多くの人々は知らない。甘い香りといわれているくらいである。

なにか話をしようと思っていたが、いろいろと考えているうちに眠ってしまったようだ。目を覚ますと、日が落ちて真っ暗になっていた。

「ああ、悪い、寝てしまった」僕は運転手に謝った。

「いいえ、全然」ロジはご機嫌な返答だった。彼女はドライブを楽しんでいるようだ。

「私も考えましたけれど、クラーラさんの狂言だというのが、一番確率が高いのではないでしょうか。リアルのクラーラさんは、どこかで自殺をした。行方不明になったことを届け出たのは、自殺ではないというカモフラージュだと思います」

「たぶん、警察も、それに情報局も、そう考えている」僕は応えた。「ウォーカロンだと判定された事実がなければ、私もその意見に賛成したかな」

「判別器は、故意に間違った言動をすることで、ウォーカロンと誤診断させることができませんか？　普通は逆に、人間に見せかけようとすると思いますが」

「どちらも、ほとんど不可能」僕は答えた。「その点は、もちろん想定内だよ。その種の誤誘導に対する回避ルーチンが何重にも組み込まれている。そもそも、単なる狂言を企むなら、ウォーカロンの判別器にかかることを回避すべきだった」

「でも、それ以前から、違和感があった。ボディが入れ替わっていたかもしれない、という主張をしたい場合、間違った判定結果が欲しかったのでは？」

「自殺ではないと示すためなら、もっと有効な行動があったはず。たとえば、翌日に大事な予定があったとか、新しいものを発注したばかりだったとかね。ボディの入替わり自体が、信じがたいことなんだから、話を信じてもらうには逆効果といえる」

「そう考えたから、グアトを呼んだのでは？　判定結果を信じてもらえる有力なアドバイザとして」

「私が引き受けるかどうかなんて、不確定すぎる。そんなことに賭《か》けるとは思えない」

「う～ん、そうですね」ロジは頷き、しばらく黙った。「ボーイフレンドがいたようですね。そのこと、クラーラさんは話さなかった。どうしてでしょうか？」

「警察は尋ねたはずだけれど、本当の情報を話していない。だから、見つからない」

「なんか、やっぱり疑わしいじゃないですか」ロジはこちらをちらりと見た。

「ヴァーチャルで次に会うときに、その話になることを彼女も予測しているだろうから、まずはそれを聞くしかないかな」

4

「ケン・ヨウといいます」クラーラは即答した。リアルの彼女の家を訪ねていた男性の名前である。「三年くらいまえにヴァーチャルで知り合って、一年ほどまえから、リアルでもときどき一緒に食事をしました。彼は、もともとは大企業の社員だったみたいですが、失業して、ドイツへやってきました。もちろん、警察にはすべて話しました。でも、調べてみたら、該当者が見つからないそうです。私には、偽名を使っていたのでしょう。過去のことも、仕事のことも、嘘だったかもしれません。私にはそんなことは問題ではありません。会っている時間は楽しかったし、何一つ嫌な思いをしていません。まったく損害はありません。私は初めから、彼になにも期待をしていませんでしたから」

「期待していなかった？　どういった期待ですか？」

「ええ、つまり、彼が私の人生に関わるようなことを期待していなかった。そのような親密な関係になりたいとは全然考えていなかった、ということです」クラーラは淀《よど》みなく語った。「事故に遭ったあとは、一度も彼に会っていません。リアルでも、ヴァーチャルでもです。彼が、今回のことに関係しているのでしょうか？　もしそうならば、どんな役割だったとお考えですか？」

「いいえ、なにも考えていません。大企業というのは？　どこですか？」僕は質問を続けた。

「フスの系列にある医療関係の会社です」

「ああ、フスですか」僕は頷いた。それは、世界最大のウォーカロン・メーカである。彼女のボディがウォーカロンだったことと、偶然の一致とは思えない。隣のロジは表情を変えず無反応だったが、リアルのロジは、きっと大きく頷いていることだろう。

「彼とは、どんな話をしたのですか？」ロジが尋ねた。

「いいえ、仕事とは全然関係のない、本当に他愛《たわい》のないおしゃべりでした。それが楽しかっただけです。彼は、自分のことはほとんど話しませんでした。私も同じです。なにも話さなかった。もともとヴァーチャルでそんな感じだったし、リアルで会っても、二人とも同じでした。ですから、わざわざリアルで会う必要もないね、という言葉が、何度か出たくらいでした」

「ウォーカロンの話は？」僕は尋ねた。

「全然」クラーラは首をふった。「私は、その点については興味がありません。たとえば、彼がウォーカロンだったとしても、なにも問題はないし、いかなる感情も湧き起こりません。彼の仕事は、ウォーカロンではなく、人工臓器関連のセールスだったそうです。理系ではありません。知識エリアに共通領域が少なくて、それがまたお互いに新鮮だったと思います。会って話をするのは、短い時間で、長くても二時間ほどだったので、飽きることもなく、本当に楽しいひとときを過ごすことができました。会わなくなった今でも、べつに特別な感情はありません。会えば楽しいかもしれませんけれど、会いたいという欲求はありません」

「親しくはなかった、ということですか？」ロジがきいた。

「世間一般でいう親しい仲ではなかった、と評価しています。でも、私の知合いのうちでは、比較的近しい仲といえるでしょう。なにしろ、リアルで二人で会うような人は、ほかにいませんでしたから」

「ニコラウスさんは？」僕はきく。

「ああ、彼は、まあ仲間ですね。うちに食事に来たのは、仕事の打合わせを兼ねてのことでしたから」

「ほかにはいませんか？　それとも、なにか気になること、気がついたことは？　なんでもけっこうですから」

「お願いをしておいて、なんですけれど、私は、リアルではほとんど人づき合いというものをしない人間でした」

「でした、というのは？」

「だって、もうリアルの人間には戻れないかもしれませんから」

「悲観的ですね。いえ、なんでも良いので、ケン・ヨウ氏について、思い当たること、細かいことでもけっこうですから」

「そうですね……、リアルでは、本当に、特にこれといったものは、ありません。自宅か、大学の近くのレストランで一時間か二時間、話をしながら食事をしただけです。なにかをもらったこともありませんし、別の場所へ出かけていったこともありません。ヴァーチャルでなら、いろいろなところへ一緒に行きましたけれど」

「たとえば、どこへ?」

「私はインドを案内して、彼は中国を案内してくれました。主に、有名な観光地でした。でも、それも、長くても三時間くらいだったと思います。一人で見て回るよりは楽しかったので、そういったレジャでは、彼と一緒にいることが、最近は多かったと思います」

「国としては、インドか中国ですか?」

「あ、そう、日本にも行ったことがありました。あれは、ちょっと変わった場所でした」

「どこですか?」

「キョートでした」クラーラは答える。

「キョートは、有名な観光地です。変わった場所ではありませんよ」僕は微笑んだ。

「いえ、その、変わっていたのは、場所のことではなく、時代です。昔のキョートへ行きました」

「あぁ、それは、少し珍しいかもしれません」知らなかった。そういうヴァーチャル観光があるのか、と僕は思った。「いつ頃の時代ですか?」

「百年ほどまえでした」

「そんな最近の時代なんですね。もっと、中世かと思いました」僕としては、平安時代や戦国時代などを想像していたのだ。観光資源としては、そちらの方が大きいのではないか。一世紀まえでは、今とそれほど変わらないはずだ。

「そういった昔の風景や人々の生活を見物するというようなものではありません。最近の時代だからこそ、逆に、より詳細に再現ができるのです。まだ、システムを開発中のようでした。ケンの友人が関わっていたので、実験的な段階で見せてもらうことができたのです」

「より詳細にというと、どんなふうにですか?」

「たとえば、時間と位置を指定すると、実際に当時の様子を再現できて、その場で観察できます。そのとき、そこにいて、それぞれ行動している個人まで再現されていました。百年まえというと、既に世界中に映像記録のネットワークが完備していたので、ジャングルの奥などの秘境でないかぎり、ほとんどどこでも再現できるというわけです。ただし、プライベートに関わる問題があるので、そのあたりの処理をどうするのか、これからそういったマスキングを行う段階のようでした」

「顔を変えたりするのでしょうね」僕は少し冗談っぽく応えて頷いた。「それが、ウォーカロンとなにか関係のある場所だったのですか？」

勤め先に関係があるのか、と思ったからだ。

「いいえ、よくわかりませんでした」クラーラは首をふった。「でも、殺人事件が発生した現場で、不鮮明でしたけれど、目の前に死体が横たわっていて、警察の人たちが取り囲んでいました」

「それは凄いですね。そういうのは一般公開は無理でしょうから、マスキングが必要ですね。というよりも、その殺人事件が発生した、まさにその瞬間も見ることができるのですか？」

「もちろん、見られるものもあるはずです。でも、そのときは、そうはいきませんでした。その事件の場合、別の場所で殺されて、そこへ死体が運ばれてきたそうです。実際の殺人現場は、プライベートな空間で記録が残っていないため、犯人の決定的な手掛かりが得られなかった、と説明を聞きました」

「誰の説明ですか？」

「あ、ええ、ケンが教えてくれました」

「どうして、彼はそれを知っているのでしょうか？」

「わかりません。仕事には関係がなさそうでした。あ、でも、その被害者がウォーカロンだったそうです。ええ、それで興味を持ったのかもしれません」

「ケン・ヨウさんは、ウォーカロンに興味をお持ちだったのですね？」僕は尋ねる。もちろん、フスの関連会社に勤務しているのだから、不自然なことではない。

「彼は、自分がウォーカロンだと言っていましたから」クラーラは、それをまったく普通の表情と口調で話した。

5

「やっぱり、ウォーカロン絡みなのかな」リアルのキッチンで、僕は冷蔵庫を開けながらロジに言った。これから料理を始めるところである。

「クラーラさんは、最初からそれを感じていたのだと思います。だから、グアトに話を持ち込んだとしか思えません。判別器を開発した本人と接触がしたかったのです。失踪者の依頼は、口実にすぎない。だって私たちに、リアルで失踪者の捜索をする能力があるなんて思っていないはずですから」

「ほかに気づいた点は？」玉子を取り出して、冷蔵庫を閉めながらきいた。

「キョートの殺人の話。あれは、例の首がなくなっていた事件ですよね？」

「もちろん、私もそれを連想したけれど……、でも、百年くらいまえのキョートで、殺人事件は何百件も発生しているはずだから、一概にはいえない」

「特定する価値があると思いますが」

「うん、では、クラーラさんにメッセージを送っておいて」僕は指示をした。ロジは、通信手段を体内に持っているから、キッチンにいて、しかも端末なしでもそれができる。

首がなくなっていたキョートの殺人事件というのは、かつてまだ僕たちが日本にいるとき、情報局のアーカイヴで調べたもののことだった。ウォーカロンが半分ロボットに近いメカニズムだった頃で、殺されたのはサエバ・ミチルという名の人物である。その頭部を持ち去ったのは、殺人犯ではなく、科学者のクジ・マサヤマだったらしい。

ここからは推理になるが、クジは、人間の頭蓋《ずがい》から脳を取り出し、体外にあるその頭脳が通信によって肉体を制御する方法を試みた。殺されたのは、その被験者だったらしく、クジは証拠隠滅のために、頭部を持ち去った、といわれている。現在でも、そういった試行は倫理的に問題になる。当時は、まったくの最先端だったはずで、動機を想像することもできなかったのではないか。

その後、ウォーカロンは劇的な技術的進化を遂げ、今や、人間とほぼ同じ有機細胞のボディを持っている。製法はクローンと同じといわれるものの、ロボットから進化した過程で、法的な規制を掻《か》い潜《くぐ》った。人口減少の社会において、ウォーカロンは世界中に普及し、ウォーカロン・メーカは巨大化した。

ロジは急に黙って、地下へ下りていった。なにか連絡を受けたのか、より安全な方式で通信をしようと思ったのか、そのいずれもなのか。僕は、もうすぐ料理ができるよ、と声をかける暇もなかった。

ケン・ヨウという人物は、意図的にクラーラに接近したのだろうか。だとしたら、クラーラには、なんらかの価値があったはずだ。しかも、彼女の人格はヴァーチャルにおいて今も健在なのだから、彼が欲しかったのは、彼女のリアルのボディだったことになる。いったい何の価値があるのか。彼が医療関係の会社に勤務していたことと関連するのかもしれない。

また反対に、クラーラは、たまたま知り合ったケン・ヨウを利用して、自分のボディをウォーカロンと交換したのかもしれない。彼女は、ヴァーチャルへのシフトを目指していた。ボディを捨ててしまうよりも、もっと良い利用方法を思いついた可能性もある。ケン・ヨウが医療関係の社員だったことが、この仮説の信憑《しんぴょう》性を僅かに高めることにならないか。

料理が終わり、皿やグラスをテーブルに並べていると、ロジが階段を上がってきた。

「グッド・タイミング」僕は言った。

「本部から連絡がありました。ケン・ヨウなる人物は、リアルでは該当者がいません。ヴァーチャルでその名の人物が活動していた形跡は確認できましたが、どこからアクセスしたのか、その経路が不明で、これはなんらかの作為があって削除された状況のようです。それができるのは、トランスファしかいませんが、ハイレベルな能力だと思われます。そうでなければ、あるいはサーバ自体が、その隠蔽《いんぺい》工作をした可能性があります」

「いずれにしても、一般市民ではない、ということだね」

「それから、過去の再現ヴァーチャルについて、オーロラに調べてもらいましたが、研究段階のもので、多大な演算量を必要とするため、一般公開には時間がかかりそうなシステムだとか。もともとは、警察の捜査に使われる目的で立ち上がったプログラムだそうです。数カ国が共同出資して、システム的にはほぼ完成しているものの、運用をどうするのか、法整備がさきか、といった議論になっているとか」

「話はわかった」僕はテーブルの方へ手を向ける「冷めないうちに食べよう」

「あ、すみません」ロジは椅子に腰掛けた。「いただきます」

しばらく、二人は黙って食事に集中した。味は、自分でいうのもなんだが、まあまあだっただろう。中の上といったところである。料理をするようになったのは、つい最近のことだが、どうして若い頃からもっと打ち込まなかったのか、と少し後悔している。

「美味《おい》しい」ロジが微笑んだ。「お世辞抜きで」

「君は、まえからお世辞抜きじゃないか。お世辞なんか聞いたことがない」

「グアトも同じ」

「ああ、そうか……。特に、自分に対してお世辞をいわないように気をつけている。頑張ったねとか、上出来だとかね」

「機嫌が良いのは、なにか思いついたことがあるからですか？」彼女が小首を傾げた。

「もし、ウォーカロンが代替ボディとして使われたとすれば、これは世界的な事件といえるかもしれない。今まで、その可能性は考えられていたけれど、実際に表に出たことは、たぶん一度もない。実験が行われたという話さえ聞いたことがない。ウォーカロン・メーカなら、秘密裏に実証くらいはしたかもしれないけれどね……。今後、生殖が可能なクリア臓器が発売され、まずは世界中の富裕層が飛びつくだろう。そうなったときに、なんというのか、肉体セットのようなね、うーんつまり、まとめて一揃《ひとそろ》いになっているコンプリート・セットみたいなもの、その方が、悪いところだけ手術で交換するよりも、むしろ簡単で経済的だ、という方向へ商売だったら向かうんじゃないか、とまえから想像していたんだ。そうなってほしいとは思わない。だけれど……、確実に大勢がそう考えるだろうと」

「えっと、一度にボディごと全部を新しくする、そのためにウォーカロンを使う、という意味ですか？」

「うん。そうなる最大の要因は、クリアな細胞を部分的に取り入れても、ほかに古い細胞があれば、だんだん汚染されることだ。これは、実際にはまったく逆で、子供が生まれないのは、クリア過ぎた細胞のせいで、新しいクリアな細胞は、実は必要で適度な濃度の異物を混入させているんだと思う。で、とにかく、クリアな細胞なのか、それとも抗体なのかが、その必要だった異物を滅ぼしてしまうから、それが見かけ上の汚染として観察できる。そうなると、少しずつクリア臓器を移植しても、ぐずぐずしているうちに汚染される。だから、一定期間中にすべての臓器をクリアにしなければならない。でも、医学的に生命活動を維持させたまま、そんな手術を連続的に行うことは難しいだろう。リスクが大きくなる。それだったら、すべてを取り替えてしまった方が安全だし、なによりも手間がかからない、結果として安くなる、という話」

「すべてを取り替えても、その個人の人格が維持されなければ無意味ですよね。あ、だから、思考回路をヴァーチャルへシフトする技術を利用して、ウォーカロンに前人格をインストールするわけですね？　でも、それって、違法ですよね。クローンは否定されています。代替ボディは、かぎりなくクローンに近いものになりませんか？　それに、ウォーカロンも人権が認められています。人格のない入れものとしてのウォーカロンを作ることになります。頭脳だけがないウォーカロンを作れるのでしょうか？」

「作れないけれど、頭脳内の履歴を消去することは簡単だろう。オーバライトすれば良い。基本的にコンピュータと同じだ」僕は答えた。「当然、これも違法だろうけれど、しかし、おそらくまた、なにか抜け道を考えてくるはずだよ。なにしろ、時間もエネルギィもかからないし、ウォーカロン技術の新たな需要を創出することにもなる。個々の臓器を培養するよりもシンプルなメソッドなのは、メーカとして大きな魅力だろう」

「それを、今考えついたのですか？」

「いや、そんなことは、以前から、そうだね、五年ほどまえから考えていた。人がヴァーチャルへ生活の主体をシフトするようになれば、逆に、リアルでは別のボディを受け皿にしたニューライフが登場するんじゃないかって」

「えっと、今回の事件と、それがどう関わるのでしょうか？」ロジはグラスに炭酸水を注ぎ入れながらきいた。

「そう、そこだ」僕は頷いた。片手にまだフォークを持っていた。「実は、全然わからない。そもそも、リアルのクラーラさんの失踪と、彼女に似たウォーカロンも、つながりが見えない。まして、キョートの昔ヴァーチャルは、まったく別の話なんじゃないかなぁ」

「なら、私の認識とほとんど同じですね。このまま、わかりませんねぇと呟《つぶや》きつつ、この問題から遠ざかることをお勧めします」

「無難《ぶなん》な判断ではある」僕は頷いた。料理は食べ終わっていた。「しかし、キョートで殺害されたのは、マガタ・シキ博士の子孫だった。博士はその頭脳を手に入れたはずだ。当然、クローンで復活させただろう、と考えていたけれど、もしかして……」

「新しいボディを用意したのでしょうか？　ああ、きっとそうですよ」ロジはそう言うと小さく溜息をついた。「違法だといっても、通じない相手ですよね。まあ、なにをしようが、勝手といえば勝手、自由だと思いますけれど」

「おや、少し、君も考えが穏やかになったね」

「世間擦《ず》れしました」

「まあ、その道筋は、そこで途切れて、先はどこにもつながらない。もう一つ思いつくことは、博士が考案したとされている共通思考なるシステム。実際にどこで稼働し、何を目的にしているのかは、今のところ謎に包まれている。でも、多くの科学者がそのために知恵をしぼり、長い時間をかけて開発に携《たずさ》わった。そういった証言を方々で聞いた。どうも真実らしい。だから、なにもない、夢のような技術ではないということ。どこかに必ずある。もう既に存在していることはまちがいない。ただ……、おそらく今は、自力で成長している段階なんだろう。鳴りを潜めている。表に出てこないというだけ」

「でも、グアトは、その共通思考が人類に不利益をもたらすものだとは考えていませんよね？」

「そう、私は、マガタ・シキという才能を信じている。これには、理由はない。完全に宗教だね」僕はそこで深呼吸をした。「大まかなイメージとしては、世界中の人間の思考を取りまとめるようなシステムだろう。それが実現すれば、政治家が不要になる。人類は見かけ上、一人の人間のように、世界のことを考えられる。自分たちがどうすれば良いのかを判断できる。犯罪もなくなり、協調と協力しかない理想的な世の中になるはずだ」

「なるでしょうか？」ロジが顔をしかめる。

「なるよ」僕は優しく微笑むことができた。「特に、君みたいな素直で正義感の強い人間が大勢いるほど、素晴らしい未来がより早く到来するだろう」

ロジは、急に真剣な表情になって、顳顬《こめかみ》に片手を添えた。連絡があったようだ。

「クラーラさんから、メッセージのリプライがありました。私たちをキョートへ連れていってくれるそうです」

「今から？」

「いいえ、明日です。こんな時刻ですから」

「まだ、夕方じゃないか。それに、ヴァーチャルの住人は、寝なくても良いのだと理解している」

「リアルの私たちは、夜はぐっすり寝た方が良いと思います」

6

翌日、地下室の棺桶でヴァーチャルにログインする準備をしているとき、隣の棺桶の中に座っていたロジがこう言った。

「なんか、調査事務所になったみたいです」彼女は、それほど不機嫌《ふきげん》そうではなかった。もしかしたら、面白がっているのかもしれない。

この種の問題に首を突っ込むことに対して、これまでいつもロジは反対してきた。それは、なんらかの危険が予測されたからだ。しかし、ヴァーチャルであれば、その危険はかなり排除・抑制される。特に、自前の端末を使っている状況は、彼女にとっても安心材料の一つなのだろう。セーフティ・ファーストという言葉があるが、このスローガンを掲《かか》げるのは、例外なく危険な仕事場である。ロジが過去に携わってきた仕事は、いつも安全第一だったということだ。

クラーラとは、博物館のカフェで待ち合わせ、彼女の案内で特定過去見学のエリアに入った。表向きはちょっとしたオフィスビルのような建物の中にあって、内部はアート展示か小規模な演劇場のような暗い空間だった。パスワードなどをクラーラが発信し、ドアが開いた。目の前の空間にインジケータが浮かび上がり、時間や位置をセットする。以前に訪れたことのあるキョートのある場所をリクエストした。その数字は、ロジが確認したクジ・マサヤマの事件と一致していた。もちろん、そのことはクラーラには内緒にしておくことを、僕たちは事前に決めていた。

懐《なつ》かしい風景が周囲に構築された。百年まえのキョートである。この街は、ほかの場所よりも時間の流れが遅い。都市計画が意図的にそうデザインされているためだ。

時刻は早朝だった。少し先の表通りではクルマも人も動いているようだったが、そこから一本入った細い路地に僕たちは立っていた。

向きを変えると、真っ直ぐ先には、アーケードのような商店街の一部が見えている。そこまで五十メートルほど。しかし、その手前に、小型のクルマが何台も駐車されている場所があって、大勢が集まっていた。

「あの人たちとは、話ができないのですか？」僕はクラーラに尋ねた。

「はい、誰とも話ができないし、触れ合うこともできません。ホログラムと同じです」

「でも、今、私たち三人分の視点映像が演算されているわけですから、なかなかの処理スピードです」僕はそう呟いていたが、自分で言っておいて、内容のない感想だと思ってしまった。「これは、ヴァーチャルというよりも、単なる立体映像ですね。あ、でも、建物なんかは触れることができるのか……」僕は、すぐ近くの塀《へい》に片手を当てていた。

地図に基づくヴァーチャルのデータに、カメラ映像から演算で再構築された立体動画が投影されているようである。これでは、当時の現場にいるとはいえない。たとえば、地面に倒れている被害者を動かすことはできないし、証拠品を持ち上げて眺めることもできない。当時大きな見逃しがないかぎり、新たな証拠が見つかる可能性は低い。たとえ見つかっても、演算で再現されたデータにすぎないので、証拠能力は認められないだろう。もっとも、百年のまえの事件を今さらどうこうしようと考えているわけではない。

というわけで、そこに集まっている警察関係者を気にせず、被害者の近くまで行くことができた。ただ、三メートルほどの距離で、僕の足は止まった。俯《うつぶ》せに倒れている華奢《きゃしゃ》な被害者には頭部がない。もちろん、知っていたことだ。

幸い、首の断面ははっきりとは見えなかったし、ここでは匂いは再現されていないが、なんとなく、これ以上接近することが生理的に無理だと感じた。

道路には血と思われる目立った跡がない。再現映像だからだろうか。それとも、ここで首を切断されたわけではないからか。

ロジは、僕よりも被害者に近づいた。死体のすぐ横で屈《かが》み込《こ》み、切断された首や、露出している手や腕に顔を近づけている。振り返ると、クラーラは、僕の後ろに立ったままだった。

「ケン・ヨウ氏は、どうして貴女にこれを見せたのでしょうか?」僕は、クラーラに質問した。

「いいえ、私にはわかりません」クラーラは少し笑った顔で首をふった。「特に説明はありませんでした。どうして日本の事件なのかもわかりません。でも、被害者が首を切断されていたから、つまり、ビジュアル的にインパクトがある有名な事件だったので、私が興味を持つと考えたのではないでしょうか」

「驚かれたのでは?」

「私は、いいえ、さほど驚きませんでした。血も流れていないし、グロテスクでもありませんでした。亡くなっていたのは、女性ですよね？　うーん、可哀想《かわいそう》だなとは思いましたけれど、でも、殺人は今もなくならない、世界中どこにでもある一般的なもので、人類の醜《みにく》い課題の一つといえます」

「ウォーカロンの話は出ませんでしたか？」

「そういえば、被害者がウォーカロンだったかもしれない、とケンが言いましたね。でも、この時代にはまだ、人間のようなウォーカロンは存在しなかったはずです。私がそう言ったら、話はそれで終わったように思います」

「その後、この事件について、なにか調べたりされましたか？」

「いいえ。殺人事件にはそれほど興味がありませんから」

そんな話をしながら、殺人現場の周辺を僕たちは歩いた。特に注意を引くようなものはなかった。現場には凶器なども残されていない。また、被害者の持ち物と思われるものもなかった。少し離れて眺めれば、大きめの人形が道路に落ちている光景でしかない。

「クラーラさんは、マガタ・シキをご存知ですか？」歩きながら、僕はきいた。

「ええ、もちろん」彼女は頷く。「私のような仕事では、知らない人はいないと思います」

「ヴァーチャルへシフトしようと考えていたのですね？」

「はい、将来はそうしようと思っていました」

「どうして、リアルではいけないと思われたのですか?」

「いけないことはありません。ただ、仕事はほとんどヴァーチャルですし、だんだんリアルの生活が面倒になって、重荷だと感じるようになりました。とにかく雑事が多くて、それらを考えることも面倒なんです。年齢的なものもあると思いますけれど……。それに、私には家族もなく、親族とも疎遠です。親しい友人もいません。リアル・サイドでの人生にはメリットがありません。もう充分に生きた、といったところです」

「現在、その、ここ三週間ほどは、ヴァーチャルだけの生活になったわけですね。どうですか? 居心地が良いですか?」

「今は、リアルの自分が心配で、心残りです。でも、最悪の状況だとは思いません。なるべくしてなった、とも思います。神様の導きといえるかもしれません」

「神様の? クラーラさんの神様というのは?」

「私はクリスチャンです」

「ヴァーチャルには、神様は存在するのですか?」僕は尋ねた。ピントのずれた問いだとは思いながらも。

「いいえ、神は存在しません」クラーラは微笑んだ。「まあ、しいて言えば、マガタ・シキです。この世界を作った人ですから。私たちも、私たちが触れるものも、すべてマガタ・シキが作ったといって良いかと」

「意識は、いかがですか?」僕は、思いつきを質問する。

「意識? ですか?」クラーラは、数秒間黙った。僕から一旦視線を逸《そ》らし、再びこちらを見た。「私の意識?」

僕は、彼女に頷いた。

「これは……、どうでしょうか……、誰が、作ったものでしょうか?」

「それについて考えたことはありませんか?」僕は尋ねる。「私なんか、しょっちゅうそれを考えていますよ。考えるということ自体が、私の意識ですから、誰かが作ったとしたら、考えさせられている、つまり、演算させられているのでしょうね」

「そんなふうにお考えなのですね。人間の意識を客観的に捉《とら》えないと、ウォーカロンの判別はできないというわけですね?」

「いいえ、違います。あれは、意識とかではなく、もっと頭脳というネットワーク信号の物理的処理を観測しているだけです。意識というものは、うーん、まあ、その、存在するのかしないのか、という問題はありますが……」

「人の意識、つまりスピリットは、存在しないのですか?」

「存在すると意識することができる、というだけで、客観的には、存在しないといえると思います。いうなれば、単なる観測です。宇宙の星を望遠鏡で見ることで、星が存在することが真実になりますね。現在は、その星は存在しないかもしれません。光が届くのに何億年もかかるわけですから。それと同じように、意識は、人間の頭脳が観測しているだけで、存在するかしないかを問題にするのは、筋が違います。たとえば、光を遮《さえぎ》れば、影が観察されますが、影というものが、そこに存在しているわけではありません」

「ということは、コンピュータにも、ロボットや人工知能にも、意識が存在するのですね？」

「もちろんです。動物にも意識は存在するでしょう。自らを観測できる場合にかぎりますが」

「では、五感が失われた場合は、観測ができませんから、意識は存在しないことになりませんか？」

「五感というのは、外部に対するセンサを示します。そういったセンサが失われても、頭脳活動は可能ですから、観察ができると思います。考えることで、自分が考えていると観察できます」

「すべて、ここにあるのですね」クラーラは、自分の頭を指差した。

「そのとおりです」

「でも、ヴァーチャルの場合は、ここで考えているわけではありません。考えているのは、コンピュータのチップの中では？」

「そうなりますね……」

「あの被害者は……」もうずいぶん離れてしまったが、彼女は後ろを振り返った。「頭を奪われたわけですから、世界から人格ごとシフトしたのと同じかもしれません」

「そうです。実際にそうだったようですよ」僕は頷いた。「いえ、詳しいことはわかっていないみたいですが」

川が見えてきた。橋があるようだ。川沿いに木造の建物が並んでいた。大勢の人々が歩いているのが見える。といっても、ほとんどがエキストラだろう。

「リアルの私は、見つかるでしょうか？」クラーラが呟くように言った。視線を僕の方へ向ける。彼女は、それを見つけたいのだ、と僕は思った。そう思わせるような力の籠《こ》もった視線だった。

「警察は、あまり真剣には探していないのかもしれません」僕は言った。「でも、私には、その種の捜索をする手法、というか能力がありません」

僕は、少し離れたところを歩いているロジを一瞥《いちべつ》した。話は聞こえている。彼女は僕を見つめて、小さく頷いたようだ。そのとおり、私たちは探偵社ではない、と言いたそうな顔である。

「なんとなくですけれど、リアルで探しても、埒《らち》が明かないように考えています」クラーラが言った。

どういう意味だろう、と僕は考えてしまった。

では、ヴァーチャルでリアルのボディを探せというのか?

ヴァーチャルであれば、クラーラは自身で自由に活動ができる。それに協力してほしい、という意味だろうか。考えられるのは、僕たちが関係している人工知能たちの能力ではないか。つまり、アミラやオーロラなどの力に期待している?

そもそも、クラーラは、仕事上の伝《つて》でアミラに依頼した。しかし、当然ながらアミラは個人の依頼を受けるようなことはしない。だから、形として僕への依頼にした。そういうことだったのか。

それを確かめようと言葉を考えたものの、今すぐに話すことではないし、ロジを通じて、日本の情報局とも協議をしなければならない問題だとも思えた。

7

クラーラと別れたあと、リアルにすぐ戻るつもりだったが、オーロラから声がかかり、別の場所で三人で会った。真っ白な砂が滑《なめ》らかに広がる海の底だった。十メートルほど上に、海面が輝いている。カラフルな魚も泳いでいる。でも、呼吸に問題はない。服装も地上のときと同じだった。

「クラーラさんのこと、どうされますか?」オーロラが尋ねた。

「どうしてほしいのか、によりますね。それを話しにきたのでは?」僕は返した。

「はい。情報局としては、クラーラさんの行方に、大変興味を持っています。具体的に特定できませんが、不自然な兆候といいますか、非常に小さな多数のギャップが認められることから、大きく世界を揺るがすような陰謀の一部が露出しているのではないか、と疑っています」

「それは、アミラとか貴女のような人工知能の予測ですか?」

「いいえ、違います。情報部や政府の関係者、つまり人間の意見が、そのような方向へ動いているようです。それをお伝えしにきました」

「僕も人間ですが、うん、たしかに、なにもわからない、想像ができないという点で、怖さがあります」

「怖さですか?　私たちには、そういった感覚がありません。そのため、リスクの重大さが理解できません」

「私も人間ですけれど、なにも怖くはないし、違和感もありません」ロジが言った。「口出しをしてすみません」

「いいえ、ロジさん、貴女の意見はいつも的確です。参考になります」オーロラが上品に微笑んで返す。「しかし、ここは仕事として、受けていただければ幸いです」

「ボーナスが出るなら、多少はやる気になるかもしれません」ロジは目を回す仕草を見せる。

「交渉しておきます」オーロラが頷いた。

「でも、私たちに何ができるでしょうか？」ロジはきいた。「アミラとオーロラが演算すれば、解決する問題では？　もちろん、リアルで探さないといけない場所があったら、使い走りくらいはしますけれど」

「まず、クラーラさんは、自分から出かけていったようだから、誘拐されたり、危険な状況にある可能性は小さいと思う」僕は話した。「ケン・ヨウさんと一緒にいるのか、彼がなんらかの手引きをした場所に隠れているんじゃないかな」

「そのような行為に理由があるのでしょうか？」オーロラが首を傾げて髪を払った。「誰から隠れているのでしょうか？　クラーラさんが行方不明になり、彼女が勤めていた職場では、多少の損失が認められました。しかし、交通事故以来、彼女はノルマを絞っていて、忙しくはありませんでした。しかも、彼女の仕事はすべて、ヴァーチャルでの作業が可能なものですから、影響はほぼありません。給料は支払われています。彼女はそれをヴァーチャルで使って生活ができる。逆に見れば、リアルの彼女がいなくなって、誰かが利益を得るようなことも考えにくいといえます。誘拐して、身代金《みのしろきん》を要求することもないし、たとえ要求しても、彼女自身が支払わない可能性が大きいと演算されます」

「誘拐ではない」僕は呟いた。「むしろ、その逆じゃないかな」

「あ、じゃあ、この可能性は演算していないのかな?」僕は首を捻《ひね》った。「つまり、身売りというか……」

「理解しました」オーロラが即答した。「極めて小さい可能性として、認識はしていましたが、各種条件を考慮して検討対象から除外していました」

「何ですか、身売りって?」ロジが僕の肩に触れてきいてきた。

「えっと、誘拐されたんじゃなくて、クラーラさんが、自分自身を売った、という意味」僕は答えた。「そうだと言っているのではなくて、そういう可能性があるという話」

「自分を売った。見返りになにかを得た、という意味ですか?」

「そうそう。ヴァーチャルへシフトしようとしている人だから、リアルの自分はもう不要になる。生きていると、それなりにコストがかかるから、自殺も選択肢となる。そういう人を、実際にこれまでも何人か見てきたよね。そこで、自殺するくらいなら、売ってしまおう、と考えた、というわけ」

「買う人がいますか?」ロジは顔を顰《しか》めた。「何に使うんですか?」

「いや、そりゃあ、いろいろ使い道があると思う。友人にしたり、家族にしたり、召使いにしたり、うーん、アシスタントにしたり、単純に労働力として使ったり」

「でも、生活費を負担しないといけませんし、言うことをきかないかもしれません。ああ、そうか、そういう問題も含めて、買う方も売る本人も、納得しているというわけですか……」

「そう。だけど、その場合、私を探してくれ、と依頼したりは、しないと思うんだ」

「売ってしまったことを後悔したのでは？」

「それだったら、誰に売ったのかを教えてくれそうなものじゃないかな」

「もう、どちらにしても、駄目です」ロジは舌を鳴らしたようだ。ヴァーチャルだから、どれくらい再現されているかわからない。「そういうのは、私はパスします」

「パスして良いと思うよ」

「気持ち悪いですよね」そう言いながら、ロジはむこうを向いてしまった。

「実情をよく知らないのだけれど、現代において、行方不明になることって、それほど簡単ではないよね？」僕はオーロラに話した。

「どこか、社会から離れたところに潜む以外にありませんね」オーロラは答えた。「まったくのプライベートな場所か、あるいは、ジャングルの奥とか、深海とかですが、それでも、通信やエネルギィの流動から、いずれ存在を知られてしまいます」

深海というのは、オーロラのユーモアである。彼女は、長く海底に沈んでいたのだ。この場合、エネルギィは自前の原子力発電だったし、ネットワークを拒絶していたので、例外的な事例といえるだろう。エネルギィもネットワークも遮断できる環境でなければ、隠れるのは難しい。

「探す対象は、クラーラさんとケン・ヨウ氏だけれど、生きていない可能性もある。もし死んでしまっていたら、あらゆるリンクが途絶えて捜索は困難になる」僕は言った。

「ネットワーク側からの捜索は、そのとおりです。リアルの死体は探せません」オーロラが答えた。「生きていても、ボディに大きな変更がなされた場合も、難しくなります」

「顔や体格を変えるのは、難しくないけれど、変えるための行為が目立つ。どこで手術を受けても、記録が残る」僕は言った。「医療関係は、とっくに網を張っているのでしょう?」

「はい」オーロラは頷いた。「現在まで、疑わしいものは現れません」

事前にあったレポートでは、クラーラは自宅を出たあと、コミュータで田舎《いなか》へ移動したが、その後の足取りは摑めていない。これは、ケン・ヨウの場合も同様らしい。徒歩で森に入ったか、運河を船で移動したか、小型の航空機を使ったか、多数の可能性が想定される。既に何日も経過しているので、小さな確率の可能性を広げていくと、地理的には世界中を捜索範囲にしなければならない状況だった。

「もしかして、行方不明になっている一般人のうち、クラーラさんと同じような境遇の人がほかにもいたのかもしれない」そう思いついて、オーロラを見た。「リアルの自分が行方不明だという例。これは調べた?」

「調べ始めました」オーロラが即答する。「同じ境遇であること、その条件の設定に幅があるので、難しい作業となりますが、リアルで行方不明になったあとも、ヴァーチャルでしばらく個人として活動している人、ということであれば、比較的探しやすく、結果がすぐに得られます」

「リアルの個人がいないのに、ヴァーチャルで活動が継続できるというのは、遺志を継いでいるような感じなのかな」僕は呟いた。「完全に頭脳をシフトしなくても、ある程度のことは、自動行動の設定で可能だ、という意味だよね?」

「そうです。したがって、その見極めは難しいと思われます。各ヴァーチャル環境によって異なる設定、あるいは機能を有しているためです」

忙しくて、ネット上のヴァーチャルにおける自分を、ロボットのようにプログラムして活動させるオート・ライブ設定が存在するが、多くの場合、多数のヴァーチャルに掛け持ちで参加する場合などに利用されている。飛行機でいうオートパイロット、クルマでいうオートドライブのような機能である。これを長期間用いれば、個人が死んだあとでも、ヴァーチャルでしばらくは活動を持続することができるというわけだ。本人以外には、一見違いがわからないだろう。

「クラーラさんが、その状態であるという可能性はありませんか?」ロジが突然横から質問した。

「うん、その指摘は面白いね」僕は微笑んだ。そして、オーロラを見た。「どう?」

「その可能性はありません。まっさきに疑うべき状況であり、当然チェックをしました。オートの設定はされていません。クラーラさんは、確固たる固有人格と認められます。この世界では、つまり一般市民であり、人権が認められた個人です」

「じゃあ、駄目じゃないですか。同じような境遇の人を簡単には探せないのでは?」ロジが指摘した。

「たとえば、培養液に浸《つ》かった脳が、ヴァーチャルの個人を操作している場合もあったよね。この場合、リアルでは個人のボディは存在しない。でも、ヴァーチャルでは普通の人間として扱われる。リアルの個人をどう定義するのかに関わってくる」

どうも、問題点がぼんやりとしか把握できていない。

決定的に問題なのは、何だろう?

人が一人いなくなった。それを本人が主張している。行方不明だが、明らかな事件性を示す痕跡《こんせき》は見つかっていない。また、特別な能力や資産を持った個人でもなさそうだ。

最初から、ウォーカロンとの関連があった。今のところ、具体的にどう関係するのか見えていない。ただ、本人が、自分がウォーカロンだと判別された、と述べているうえ、測定データも残っているから、どうやらこれは真実らしい。

さらに、百年まえの殺人事件が、これまた明確な関連ではないのに、つながりがあるかのように匂わされている。そちらも、ウォーカロンと無縁ではない事件といえる。そういった曖昧《あいまい》な全体像から、僕はマガタ・シキ博士を連想した。これは当然の連想だろう。しかも、共通思考の概念に近づく予感を抱かせる。どうしてだろうか？

ヴァーチャルでのみ存在する人格というものを、一個人と認めて良いのか、という問題に行き着くのかもしれない。リアルでは、個人は躰《からだ》の存在で区別ができる。その境界は皮膚の外側であり、思考は頭蓋の中で実行されている。内と外が明確だ。したがって、個人を明確に一人と数えることができる。

そのまま、ヴァーチャルへシフトした個人は、このように区別ができる存在だろうか？ヴァーチャルにおいては、皮膚の外側と内側は無意味だ。頭蓋の内部というスペースも意味がない。では、個人の人格はどこに存在するのか。それは、社会を作っているコンピュータと同様に、信号によって組み立てられたもの、すなわち、データとプログラムなのである。

このような状況において、個人なるものは、人格なるものは、それぞれ個々に存在するといえるだろうか？

そして、こうなった状況こそが、共通思考ではないのか。

いうなれば、社会は、社会という生命体であり、その中で行われる思考活動すべてが、社会という頭脳による思考活動にすぎないのではないか。

「戻りますか？」すぐ近くにロジが立っていた。

「え？　どこへ？」僕は尋ねた。

「大丈夫ですか？　帰りましょう」

「ああ、そうか、ここはヴァーチャルだったね」

僕もロジも、比較的ヴァーチャル体験が少ない人間だろう。毎日ログインして、仕事も友達も恋人もヴァーチャルで、という生活になったら、もうこちらが本当の世界、つまりリアルになるのではないか。

過渡期にある、と認識していたけれど、既に世界はこちらに移ったと考えた方が良いのかもしれない。

しかし、もしそうだとしたら、僕はリアルの世界に残って、ひっそりと暮らしたいものだ、と思った。

むしろ、そちらに魅力を感じる。

不思議な連想だが、ヴァーチャルは都会であり、リアルは田舎だ。ヴァーチャルは人工であり、リアルは自然なのだ。

たとえば、地下深くのシェルタとか、森の中のツリーハウスとか、そんな秘密の場所に籠もって生きたい。

なにか、そんな子供のような願望を持っている自分を感じている。

ただ……、自給自足という厄介《やっかい》な条件がつきまとう。

そう、リアルの人間は、一人で生きる能力に欠けているのだ。これは、人間という動物の弱味といえる。自然界では、ほかの動物よりも生命力がなかった。だから、集まって都市を築き、その延長上にヴァーチャルがある。

特に、僕は絶対的に能力不足で、とても自然の中、一人では生きていけないだろう。

第2章　私の存在とは何か？　What is my existence?

「論じ合っているのは実にきびしい問題です。生命の大いなる神秘がついに解き明かされたら、人類のあり方はどうなるか？　信念だと思っていたものが……突然事実だと明確に証明されたら何が起こるか？　あるいは、作り話にすぎないと立証されたら？　答を出さずにおくのが最善だという問題も存在すると言えましょう」

1

クラーラ・オーベルマイヤの自室を見たい、と情報局に申し出たところ、その場所には警察のロボットが常駐しているので、その遠隔操作をさせてもらえることになった。警察は既にその捜索を終え、持ち主不在の部屋の管理をしているだけだった。

ゴーグルを装着し、ロジと二人でクラーラの部屋の中に入った。移動や視線は自由になるが、二人の視点は同一なので、お互いの姿は見えない。

比較的綺麗な部屋で、テーブルやデスクの上も片づけられている印象だった。キッチンも使われていなかったのか、と思えるほど綺麗だ。ただ、冷蔵庫を開けてみると、半分ほどの冷凍食材が確認できた。食器類はすべて洗浄機の中に収まっていた。つまり、クラーラは、自室を片づけてから出かけていったのだ。何者かがここへ押し入って、連れ出されたのではない。付近のカメラにも、彼女以外の人間が一緒に撮影された記録はなかった。

「一人で生活をしていたのも、明らかですね」ロジが呟いた。

キッチンとリビングともう一部屋、少し小さな部屋があって、そこにはヴァーチャルへログインするための端末、つまり棺桶が壁側に置かれていた。ハッチを閉じると、ソファとして使えるタイプだったが、ハッチは斜めに開いたままだった。最後に使ったときは、ソファとしてではなかった、ということだ。

デスクの上には、小さな本棚があり、その脇におもちゃの機関車が飾られていた。

「鉄道の機関車だ」僕は言った。「何でできているのかな？　セラミック？」

ロボットに分析させたところ、スズの鋳物《いもの》とのことだった。ズームアップすると、メーカのロゴらしきものがあり、〈クリンメル〉と読めた。

「知っている？」僕はロジにきいた。「古そうだけれど」

「知りません」ロジは答える。この方面に詳しいと思ったからきいたのだが、分野が微妙に違っていたようだ。「なにかの記念品っぽいですね」

本棚も珍しいレトロなタイプだ。書籍というものは、普通は単なる飾りである場合が多い。だが、じっくり見てみると、本物の書籍が並べられていた。

僕はその一冊を手に取った。これは実際にはロボットの手が伸びて、それを摑み取ったのである。

「あ、これは、聖書だね」僕は呟いた。「知っている？」

「はい、知っています。キリスト教の聖典ですね。物語ですよね」

「うん。まあ、そうかな」開いてみると、英語の文章だった。「ドイツ語ではないね」

それを棚に戻したとき、隣の本が僅かに動き、不自然に少し開いたのに気がついた。次はそちらを手に取ってみる。そちらは詩集のようだ。背表紙も表紙もドイツ語である。カバーは古めかしい。しかし、それは装丁だけで、開いてみると紙が真っ白で新しかった。しかも、なにも書かれていない白紙である。飾りものの書物だろうか、と思ったが、最初の方にちらりと文字が見えた。ロボットの手が不器用なので手こずったが、そのページを開くことができた。ドイツ語の手書きの文字だった。ただ、半分ほどが数字である。

「わぁ、手で書いた文字だ。凄いな、久しぶりに見た」僕は呟いた。

指で示すと翻訳してもらえた。メモをしたのだろうか。約束の時間、場所などが書かれている。数字は時間だろうと最初は思ったが、じっくり見ていくと場所を示しているようだった。数値解析の専門家だから、こうした習慣なのかもしれない。

当然、すべてを警察が調べているはずだ。僕は、それを棚に戻した。

続いて、デスクの手前にある引出しを開けてみた。幾らかの小物があった。なにかのキィ、あるいは端末のプラグ類、メモリィチップなどである。

「あれ？　不思議だな」僕は呟いた。「ペンがない」

「ペンって、何のペンですか？」ロジがきいた。

「うーん、さっきのメモを書いたペン」

「引出しに入れていないだけでは？　ポケットに入れていたとか」

「そうだね」僕は簡単に引き下がった。しかし、ペンを持ち歩いていること、しかも、手で文字を書くための筆記具というのが、いかにも古い。技術者とは思えない懐古趣味的な行為といえる。クラーラのスタイルだったのではないか。

機関車の飾りものもそうだが、デスク自体がアンティークな品である。天板も引出しも木製で、ほとんど黒に近い塗装には、まだ僅かな艶《つや》が残っていた。

「デスクの下が見たいな」僕は呟いた。ロボットは屈めるだろうか。

すると、顔が床に近づくように、絨毯《じゅうたん》がアップになった。

「そうそう、デスクの下に顔を突っ込んで、そうそう……。その姿勢のままで顔を後ろへ向けて」

引出しの底の裏面がアップになった。板の色が白っぽい。というより、塗装回数が少なく、元の木の色に近いのだろう。

「もう一度立ち上がって」僕はロボットに指示をする。

視線は元に戻り、ロボットはデスクの前で立ち上がった。

「引出しを手前に全部引き抜いて。中身を落とさないように気をつけて」

片手で引出しの取っ手を掴んだ。それをゆっくりと引く。そこで両手をサイドに持ち替え、さらに手前に引いた。引出しは完全にデスクから離れた。

「全部引き出せるんですね。ストッパがないの？」ロジが言った。

「古い家具には、こういうものがある」僕は、彼女に応えた。

引出しを床に置き、ロボットにもう一度デスクの下に入るように指示した。そして、やはり首を回転させて、デスクの裏側を見た。

そこに、一枚の写真があった。テープは見当たらない。両面の粘着テープで貼《は》られているのだろう。デスクの前面に近い場所だったから、引出しを少し開けて、中に手を入れれば、これを貼ることができる。アップにして、映像を記録した。男女二人が並んで立っているスナップである。

「クラーラとケンだ」僕は呟いた。「なにかの記録ということかな。二人とも、今より十年以上若く写っている。修整をしたのかもしれないけれど」

「こうしてみると、ケン・ヨウ氏は、クラーラさんよりも、だいぶ若いのかな」それが、ロジの感想だった。

「残していったのか、それとも忘れていったのか」ロジは、そこで溜息をついたようだった。

「ちょっとした知合い、といった関係とは思えない。もっと、その、メモリアルな間柄だね」

「どうして、こんなところを調べたんですか？」

「警察が見落としそうな場所だから。定番の隠し場所だよ」

「定番？」ロジが言葉を繰り返す。

もう一度、引出しの中を改めたが、やはりペンはなかった。ほかにこれといったものも見つからない。元どおり、引出しをデスクに戻した。

「あ、外に誰かいます」ロジが急に囁《ささや》いた。

といっても、ロボットは動かない。彼女はオブザーバであって、ロボットを動かしているのは僕だからだ。

「急に動かない方が良いかな。静かに、さりげなく、窓の方へ」ロジが、言った。

僕はそのとおりにロボットに命令した。窓を見ないように、床を眺めながら、窓に近づいた。カーテンが引かれていて、窓から外が覗けるのは、壁とカーテンの隙間《すきま》、十センチの幅しかない。それに、ここは地上五階である。

「誰がいた？」僕はロジにきいた。

「目が動いていました」彼女は答える。

カーテンの反対側まで行き、カーテンの端《はし》をほんの少し動かして外を覗いてみた。

空中に白いものが浮かんでいた。ドローンだ。窓から五メートルほど離れている。ロジが見たというのは、そのレンズだろう。ロボットには、ゆっくりと窓から離れるように命じた。

「知らない振りをした方が良いかな」僕は言う。「警察かもしれない」

「どちらかというと、情報局だと思います」ロジが言った。

「そうだね。やはり、僕たちは見張られているんだ」

「いつものことですよね」ロジにしては、のんきな言葉である。

ドローンが銃やレーザで攻撃してきても、撃たれるのはロボットであって、僕たちではない、との判断に基づくものだろう。

その後、別の場所も丹念に調べたが、不審なものはなかった。どこかから、僕たちの行動を監視していると思うと、気が散ってしまう。あまり、会話をせずに、ログオフすることにした。

コーヒーを淹れて、リビングでソファに座った。

「ドローンなんか使うかなぁ」僕は言った。「カメラを室内に仕掛けておけば良いし、そもそもロボットの行動も僕たちの会話も筒抜けのはずだ。あのドローンは、部屋を捜査した警察でもなく、今回の手配をしてくれた情報局でもない、ということになる」

「だとしたら、クラーラさん自身？　それともケン・ヨウ氏？」ロジが眉を顰める。

「もっと別のグループが関心を持っているのかもしれない。たとえば、そこがクラーラさん似のウォーカロンを送り込んだ。なにしろ、そんなことが可能なのは、よほどの金持ちか権力者だよね。一般人には不可能だ。特注のウォーカロンを一体用意するなんて、想像を絶するプロジェクトなんだから」

「たまたま、判別器に引っかかってしまったわけですね。それがなかったら、誰にも疑われなかったし、そもそも私たちのところへ依頼も来なかったと思います」

「さて、次の作業は、クラーラさんの過去を調べることかな」僕は言った。「もちろん、このコーヒーを味わってからだけれど」

2

ランチの頃には、クラーラの交通事故に関するレポートが届いた。ロジが情報局を通して、警察に請求していた資料である。

僕は、ざっと目を通した。特に疑問点はない。自損事故で、道路の映像記録によれば、飛び出した猫を避けて歩道に乗り上げ、運悪く街灯の柱に衝突したものだった。救急車で搬送《はんそう》される重体で、クラーラは二日間意識不明だったが、外科手術の結果は良好だった、とある。手術が行われた医療機関についても、固有名詞が記されていた。

事故の動画も添付されていたので、僕は数回それを見た。猫は反対車線から横断してきた。黒猫のようだった。クルマはレンタカーだったが、ロジが乗っているようなオープンカーで、かなりスピードが出ていたようだし、このときは自動運転ではなく、彼女がマニュアルで操作していた。

「この猫については、レポートに記述がないね」僕はロジに言った。

「猫は、その場に留まって証言しなかったからでしょうね」ロジが笑った。

「でも、ドイツにいる猫のほとんどは、ウォーカロンだってどこかで読んだことがあるけれど」

「日本でもそうだと思います。あ、いえ、ロボットの方が多いかもしれません」

「ロボットだったら、道路に飛び出したりはしないよ」

「そうですね。ウォーカロンは、どうなんでしょうか？」

食事をしながら、これについても調べたが、納得のいく説明を見つけることはできなかった。猫のウォーカロンと呼ばれるものは、ようするに猫のクローンなのではないか。ナチュラルな猫の頭脳から何某《なにがし》かのデータがインストールされているとは思えない。つまり、ナチュラルな状態とほぼ同じではないだろうか。

「大人しくて、性格の良い猫の遺伝子を受け継いでいることは確かだろうけれど」僕は呟いた。「ナチュラルだったら、ある程度のばらつきがあるけれど、ウォーカロンはそこを修正しているのかな」

「ウォーカロンかナチュラルか、そんなに問題ですか?」パスタを食べながら、ロジがきいた。

「大問題だと思うよ」僕は即答した。「ウォーカロンだったら、トランスファにコントロールされる」

「え?」ロジが顔を上げた。「では、交通事故は意図的に引き起こされたものだと?」

「可能性の問題として」

「わかりました」ロジは大きく頷いた。「周辺の信号履歴を調べます。付近のルータに、まだ痕跡が残っているかもしれません」

「うん、食べたあとで良いけれどね」僕は、フォークをタクトのように振っていた。

「でも、一体誰がそんなことを……」ロジが呟いた。「目的が全然わかりません。一国のリーダとかだったら、ウォーカロンを使って乗っ取らせて、政府を思うままに操るというストーリィが想像できますが……」

「いや、それでも金とエネルギィがかかりすぎるね」僕は控《ひか》えめの評価をした。

「アミラやオーロラは、どのあたりを調べているのでしょう?」ロジがきいた。

「クラーラさんの過去や周辺の人間関係だと思う。えっと、インドにいた頃かな。アミラは、当時はシャットダウンしていたし、オーロラも外界とは隔絶《かくぜつ》したところにいた。いうなれば、グレートな二人の人工知能が生まれるまえに、仕掛けられたものかもしれない」

「え？　そんな大掛かりなことを考えているのですか」ロジは目を見開いた。

「悲観的に考えるとね」僕は少し微笑んでみせた。「マガタ博士の共通思考との関連も気になる。ただ単に気になるというだけのことで、証拠もなにもない。理由も説明できない。ただ、とにかく、なんとなくなんだよね」

「情報局の上層部も、そんな感じなんでしょうか？」

これは、日本の情報局の話だ。政府関係者も含まれている、とオーロラが匂わせていた。

「うん、同じ世代だからね」僕は頷いて、視線を皿に向けた。

「世代の問題ではないと思います」ロジがすぐに返してきた。「あまり難しく考えるよりも、今はできることをするしかないわけですから……」

「できることは、あまりないように思うよ」

「クラーラさんを見つけ出すことですね、まずは」

「でも、それは警察がやっている」

「やっているでしょうか？」

食べながら、警察から来たレポートに目を通していて、気づいたことがあった。

「あ、ペンのことが書かれている」僕は言った。「事故にあったときの証拠品だ。車内から見つかっている」

「クラーラさんが持ち歩いていた。事故のときに、ポケットから落ちた、ということですね」

「ほかに、財布や小型端末なども、一度は警察が保管して、回復したクラーラさんに返している。そのときのサインもある。だから、クラーラさんは、やっぱりペンを持っていたんだ。あのメモを書いたのに使ったペンだと思う」

「ペンに拘《こだわ》る理由は何ですか?」

「あ、あった」僕は、レポートを読んでいる。レポート本文には含まれていなかったが、リンクしたデータを参照したところ、被害者の所持品を撮影した写真が残されていた。「ほら、これが彼女のペンだ」

僕は、ロジにモニタを見せた。

「高そうなペンですね」それがロジの反応だった。

「イタリア製のブランドものだね」

「どうして、そんなことがわかるんですか?」

「いや、有名なメーカなんだ。ここにマークがある」映像を拡大して見せた。「でも、ちょっと変な気がする。たぶん、紛《まが》い物《もの》だと思う。ブランド品に見せかけて作られているんじゃないかな。だいたい、この手のものは、偽装品が出回っている。偽物というだけではなく、なにか仕掛けがある」

「仕掛けって？」

「うん、たとえば、カメラ、レコーダ、あるいは武器などが仕込まれている」

「あ、わかりました。古いスパイ映画に出てくるアイテムですね。情報局では、わりと人気がありましたよ。でも、実際にはそんな道具類は、もうほとんどが時代遅れです」

「そうだよね。でも、素人《しろうと》は使うかもしれない。ちょっと検索してみよう」

僕は、その映像から、類似のものを調べてみた。候補が幾つか表示された。

「思ったとおりだ。発信機やコンピュータが内蔵されている。武器にはならないようだけれど、位置情報を知らせる機能がある。ちょっと古いけれど、GPSだ」

「クラーラさんは、スパイだったというのですか？」

「クラーラさんに化けたウォーカロンが、スパイだったかもしれない」

「うーん」ロジは椅子の背にもたれて腕を組んだ。

スパイペンの詳細を検索して、僕はそれを読み始めた。

「おお、凄いな、これは欲しいなあ。子供の頃に憧《あこが》れたやつに近い」

「子供の頃に、スパイになりたかったのですか？」

「忍者とかね」

「ニンジャ」ロジがオーバに言葉を繰り返した。

「なるほどぉ、これは、特殊なインクのペンらしい」マニュアルの中にあった太字を流し読みしただけで、非常に多くの機能が説明されていることがわかった。

「見えないインクですか？」ロジが笑いながらきいた。「熱すると現れるのでしょう？」

「炙《あぶ》り出《だ》しだね、それは」

「アブリダシ」また言葉を繰り返す。面白がっているのは明白である。

「ちょっと待って……」細かい説明文を読んでみた。「ああ、そうか、蛍光塗料か」

「ケイコウトリョウ？」ロジは繰り返した。

「え、知らない？」

「いいえ、久しぶりに聞く名称ですね」

「ごめん、訳し間違い。夜光塗料、あるいは蓄光塗料だね。暗闇で光るやつだ」僕は期待の顔をロジに向けた。「どう？」

「さきにお召し上がり下さい。伸びますよ」

「今夜、見にいこう」そう言って、僕はフォークでパスタを持ち上げた。

3

またドライブである。ロジは嬉《うれ》しそうだ。

クルマはとても狭い。コミュータよりもずっと狭い。身動きができないほど、といっても良い。それに、ロジは前を向いて運転しているので、こちらも気を遣う。それでも、僕は助手席でメガネに内蔵された端末を操作し、いろいろ資料を探っていた。

アミラとオーロラは、クラーラは故郷のインドへ帰った可能性が高い、と演算しているらしく、そちら方面で、人々が集まる場所、鉄道や道路の映像を監視しているという。同時に、ケン・ヨウ氏についても、顔や体格から、個人を特定しようと過去の映像記録と照合を試みているらしい。今はまだ見つかっていない。アクセス可能なデータをすべて処理するのに、あと数時間かかるとの中間報告があった。

途中で目が疲れて、眠くなってしまった。でも、運転者に対して失礼に当たるので、起きているように努力をする。深呼吸をしたり、首を回したりした。

「眠いのでは?」ロジがきいた。

「えっと、音楽でも聴かない?」僕は提案した。しかし、ロジのクルマにその機能はない。彼女が取り外したからだ。

「ご自分で、歌われたらいかがですか?」ロジが笑いながら言った。人の話を聞いていれば眠気が去るのではないか、と思ったからだ。

しかたがないので、端末でニュースを聞くことにした。

ニュースは、中央アメリカでヴァーチャル国家が独立した一件だった。これは、一週間ほどまえからずっと話題になっているトップニュースである。南米の国や北米の州の一部も加わって一つの国になるらしい。あまりにも不自然な動向と見えるが、クーデタや独裁者によるものではない。民主的な手段によって、最終的にそういう判断になったという。リアルでは、ほとんど変化がなく、ほぼこれまでどおり。一方、ヴァーチャルでは、この新国家に賛同して、移住したいという人々が殺到しているらしい。

僕は、馬鹿馬鹿しいことだな、くらいにしか感じなかったので、真剣に聞いていなかった。

「何のメリットがあって、今頃独立するんだろうね」僕は呟いた。

「ヴァーチャルへのシフトを全面的に進める、という基本方針が極端だからですよ」ロジが言った。「リアルは、もういらない、みたいな感じです。もともと、ヴァーチャルの盛んな地域だったそうですから」

それは僕も知っていた。だいたい、貧しい地域ほどヴァーチャルが発展する傾向にある。リアルの社会でインフラに金をかけるよりも、いっそすべてヴァーチャルへ移してしまった方が合理的なのである。リアルでの格差を埋めるより、はるかにエネルギィも時間もかからない、というわけだ。

歴史的に見ても、遅れている地域が、ステップを飛ばして発展する機会がたびたびあった。最先端技術をいきなり取り入れるには、発展の従来履歴がむしろ邪魔になることがある。

幸い、ヨーロッパは、アジアと陸続きだったこともあり、それほど衰退せずに現代に至っている。つまり、中国とインドのおかげで持《も》ち堪《こた》えることができた。一方でアメリカは衰えた。内部では分裂寸前だったといえる。だから、中米や南米との関係で、複雑で入り組んだ勢力図が形成されている。しかし、今後また巻き返してくることだろう。

未来は、どうなるのか？

これからは、そういった地理的な条件に束縛されない世界になるはずだ。人類は数が減っているけれど、それなりに安定し、自然と共生するスタイルもできつつある。ヴァーチャルにシフトするための技術的障害は既にほとんどない。あとは、人々の心の問題だけだといえる。

長寿命が当たり前になり、それどころか不老不死が実現しそうな時代である。歴史の歩みはどんどんスローダウンするのだろうか。そんなとき、人間は何に好奇心を向けるのだろうか。自分も含めて、その点がまったく予測できない。研究からリタイアし、楽器作りに勤《いそ》しんでいる自分は、ある意味で現代の人間の典型かもしれない。情報局の戦士というバイオレンス系だったロジも、今はクルマの整備を楽しむ趣味人なのだ。

オーロラからメッセージが届いた。

ケン・ヨウ氏については、ハンブルクのミュージアムに事務員として勤務していたウォーカロンの一人が、最も適合確率が高い、との結果だった。彼は、クラーラが交通事故に遭う二日まえから職場と連絡を取っていない。主にヴァーチャルで活動をしていて、リアルの彼は、誰とも交友がなかったそうだ。詳細は、今も調査中とあった。

インドでのクラーラについては、調査が難航しているという。オーロラは、意図的なデータの改竄《かいざん》か隠蔽が行われた可能性が高いとしながらも、入手が可能だった断片的なデータを送ってきた。あとでじっくり読んでみよう、と僕は思った。

「クラーラ・オーベルマイヤは、若いときに相次《あいつ》いで両親を亡くしています」オーロラは説明した。「母親は伝染病でした。父親は自身が経営する工場での事故が原因で半年後に死亡しました。クラーラは一人娘だったため、十代で一家の資産を受け継ぎました。父親の家業を継ぎ、情報工学の道に進んだようです。ニューデリー大学で博士号を取得し、公務員として国立工科研究所に就職しました。その後は、職を転々として、長くても五年、多くは二年ほどで辞めては、転職を繰り返しています。ただ、残念ながら、そのすべての確認ができないほど、どこも杜撰《ずさん》な経営状況でした。なにか本人に問題があったとも考えられます。しかし、地域としては、ほとんど同じ地方にいて、インドを離れたのは、ドイツへの転職が初めてでした。犯罪歴はなく、結婚歴もありません。大きな怪我《けが》もこれまでなく、また大病の治療の記録もありません。資格や免許もこれといって取得していません。リアルでの活動は昔から低調だったのかもしれません」

「ケン・ヨウ氏の候補者は、専門は何？」僕は尋ねた。「クラーラさんには、フス系列の医療関係の会社だったと話していましたね」

「行方不明の男性は、以前は、カナダの遺伝子研究所に勤務していた、とミュージアムに就職したときの記録にあります」オーロラは答えた。「まだ、本人とは断定できません。照合が済み次第、データをお送りします」ここで人間のように一呼吸おき、オーロラは僕に質問した。「ところで、特殊なインクを何に使ったとお考えなのですか？」

「いや、単に、その、ロジと二人で夜のドライブに出かけたかっただけ」僕は答えた。

「まだ、午後三時四十分です」オーロラが言った。

「じゃあ、また、あとで……」

「大変失礼いたしました」オーロラは何故か謝った。ここで通信が切れた。

「人工知能をからかっては駄目ですよ」ロジが言った。彼女は笑っている。機嫌が良さそうだ。「私も、オーロラと同じ質問をしたいのですが……」

「じゃあ、さっきと同じ返答を」

ハイウェイを走るクルマは少なく、自動運転のコミュータか大型のトラックばかりだった。ロジは、それらをどんどん追い抜いて走っている。エンジン音がいつもより喧《やかま》しいから、彼女との会話は、メガネの通信に頼っていた。さきほどのオーロラとの会話もそうだが、屋外でこのように話すことは、実は盗聴される危険がある。情報局員だったら、警戒して自重する行為といえる。今はそうではない。聞かれてまずいような秘密もないし、また秘密にしろと誰にも要求されていない。

クラーラは、国家機密に関係するような人物ではない。いちおう情報局が出てきているのは、最初はその疑いがあったからかもしれない。だが、どうもその線は薄そうである。その疑いが強まっていたら、これほど僕たちを自由にさせるはずがない。

そこへ、またオーロラからメッセージが入った。

「申し訳ありません。追加の報告がございます」

「謝ることではないよ」僕は頷いた。

「クラーラが交通事故に遭った周辺のルータの履歴を調べました。ウォーカロンが活動した痕跡と思われる信号が確認されました。どのような内容だったかまではわかりません。ウォーカロン側の通信方式や機能が特定できないためです。以上です。お邪魔をしました。失礼いたします」

「どうもありがとう」僕はロジの顔を見た。彼女の口は、笑いを堪《こら》えているが、目が笑っていた。

クラーラのアパートの駐車場に到着したのは五時少しまえだった。もちろん、まだ日は暮れていない。まず、彼女の部屋を見にいった。警察に連絡をし、ロボットにドアを開けてもらった。さきほどは、このロボットを操作して、部屋の中を観察した。

ロボットは、手袋をするように、と僕たちに指示した。玄関を入ったキャビネットに新しい手袋が多数用意されていた。

例のデスクをもう一度確認した。引出しを開けて、中に手を入れて、天板の裏側に貼ってある写真も確かめた。ただ、これは剝《は》がさず、そのままにしておく。

ざっと見回したところ、ほかに異状はない。遠隔で調査したときと同じだった。僕たちは、紫外線ハンディライトを持参してきた。メガネを調節してから、それを点《つ》けた。片手にライトを持ち、紫外線光を当てながら、デスクの周囲を探した。続けて壁や床をチェックした。なにもないようだ。念のために、デスクの上にある例の書籍型のメモ帳を開いて、中も確かめたが、なにも見つからなかった。

「グアト」ロジが小声で呼んだ。玄関の方だった。

そちらへ行くと、ドアの横のキャビネットの上を、ロジはライトで照らしていた。ちょうど、手袋が置かれている下にあった白い布のようだ。そこに矢印が描かれていた。玄関の方を示している。ロジがライトを消すと、その矢印は見えなくなった。

「警察は気がつかなかったようですね」ロジが言った。「手袋で隠れていましたから」

手袋は、捜査のために警察が置いたものだ。

「外を示しているのかな」僕は頷いた。

僕たちは玄関から外に出た。出たところからすぐに階段になる。ほかには、向かいの別の部屋のドアがあるだけだ。その部屋には、別の住人がいるはず。

「ここ」ロジが小声で囁いた。彼女は、階段の手摺《てす》りをライトで照らしていた。さすがに見つけるのが上手《うま》いな、と感心した。

矢印は、階段を上る方向を示して斜め上を向いていた。

「手袋を返してこよう」僕はロジに言った。

再びクラーラの部屋のドアを開け、そこに待っていたロボットに、二人の手袋を手渡した。

「もう鍵を閉めてもらってけっこうです。どうもありがとう」

4

「上とはね」僕は小声でロジに言う。

彼女は既に踊り場まで上っていて、手摺りにライトを当てていた。

「次の矢印が」ロジが指差した。

僕もそちらへ階段を上ろうと思ったとき、横のドアで金属音がして、少しドアが手前に開いた。向かいの住人が、僕たちの気配に気づいて出てきたのだ。顔を覗かせたのは、真っ白な髪と大きなメガネが印象的な老年の女性だった。

「警察の方？」高い声で彼女がきいた。「クラーラは見つかったの？」

ドイツ語だったが、僕はメガネをかけているので、通訳をしてくれる。

「いいえ、私たちは警察ではありません」僕は英語で答えた。「でも、依頼されてクラーラさんを探しています」

女性は、無言で頷いた。

「この上は？　六階には、何がありますか？」続けて僕はきいた。

「なにもない」女性は首をふる。僕に合わせて、英語だった。「六階は、誰も住んでいない。ドアも開かない」

「その上は？」

「屋上《おくじょう》」

「屋上には、出られますか？　鍵がかかっていますか？」

「鍵はない。誰でも出ることができる」

「そうですか。どうもありがとう」

僕は、彼女に一礼し、階段を上がろうとした。しかし、ドアはまだ閉まらなかった。

「クララの鳥がいる」

「え?」僕は振り返った。「鳥、ですか?」

「そう、クララがいなくなったから、私が餌《えさ》をあげる」

「餌?」フィードという単語を、僕は口にしていた。

「食べるもの」彼女は、フードと言い直した。もしかしたら、もともとフードと言いたかったのかもしれない。

女性は、少し微笑んでからドアを閉めた。

どんな鳥だろう。そう考えながら、階段を上がっていく。既に踊り場にロジはいなかった。六階よりさらに上にいて、そこの手摺りにも、矢印があった、と指を差した。矢印は、もっと上を示している。

さらに上がると、次の踊り場の同じような場所に次の矢印があった。建物は六階が最上階で、その上は屋上へ出るためのペントハウスになる。窓はなく、ドアが一つ。そのドアにも矢印を見つけることができた。ドアノブを示している。ここから出ろ、という意味のようだ。

ロジが鋼製のドアを開けた。施錠《せじょう》はされていなかった。既に日が沈んでいるが、空には明るさが充分に残っていた。一歩外に出ると、周囲に手摺りのある屋上のほぼ中央に立っていることがわかる。左右どちらも同じ面積のアスファルト平面だったが、右に小さな木造の箱のようなものがぽつんと置かれていた。振り返ると、ペントハウスの上にはアンテナと避雷針《ひらいしん》が立っている。

「鳥がいると話していた」僕はロジに言った。「餌をやっているそうだよ」

「餌って、生きている鳥ですか？」

僕たちは、その箱に近づいた。高さは人の背くらい。形はほぼ立方体の鳥小屋だった。前面は網になっている。ただ、横に穴があって、出入りが自由にできそうだった。一羽の鳥が中の床の奥で動いていた。青か灰色で、大きさは洋梨《ようなし》くらいだ。

「あ、ありました」ロジは赤外線を照射して、鳥小屋の下の方に矢印を見つけた。それは、餌を入れる場所のようだった。「ここから餌を入れろ、という指示ですか？」

「鳩《はと》かな」僕は呟いた。「ナチュラルの鳩だろうか。珍しいね」

「翼を広げたら、大きいのでしょうね」ロジは両手でサイズを示した。八十センチくらいか、といったところである。

「鳩は、どこか指定の場所へ飛んでいくから、メッセージを伝えるために使われるんだ」僕は話した。「遠くで放しても、ここへ戻ってくることができる」

「ロボットだったら、もっと正確です。餌もいらないし」

「まあ、趣味なんだと思う」僕は微笑んだ。「クラーラさんが飼っていたような話だったけれど」

「ヴァーチャルへシフトしたら、この趣味は楽しめませんね」ロジが唇《くちびる》を変形させた。

鳥小屋の周囲をライトで照らして回ったが、ほかに矢印もメッセージもなかった。屋上をぐるりと歩いてみても、それらしいものはない。屋上からは、ペントハウスのほかに、非常階段で下りることができるが、そちらは、簡易な鎖が渡されている。しかし、潜《くぐ》ることも、跨《また》いで通ることも簡単そうだった。

僕たちはもう一度鳥小屋に戻った。辺りは少し暗くなったかもしれない。この近辺は静かで人の声も交通音も聞こえない。ロジは空を気にしていた。ドローンが飛んでいないか見ているのだろう。

僕は膝《ひざ》を折り、鳥小屋の隅《すみ》に蹲《うずくま》っている鳩を見た。こちらの視線を気にしたのか、鳩は立ち上がって、少し移動する。そのとき脚になにか付けているのが見えた。

「脚になにかある」僕は言った。

「ブレスレットですか」ロジは、僕の後ろで腕組みをして立っていた。上から目線である。「あ、腕じゃないから、アンクレットですね」

「アクセサリじゃないよ。あそこに手紙を入れるんだ」僕は言った。「ここを出ていくとき、クラーラさんは鳩を連れていったかもしれない。鞄《かばん》に入れてね。そして、到着した先で、鳩を放した。なにか伝えたいことがあったんだ。鳩はそれを持って、ここへ帰ってきた」

「ファンタジィですね」ロジは笑った。

「とにかく、鳩を捕まえて、あれを見てみよう。鳩を持っていてくれたら、僕が取り外すから」

「え、私が捕まえるんですか？　グアトが捕まえて下さい」

「いや、君の方が、鳩が怖がらないと思うんだ」

「鳩の気持ちがわかるんですか？　私は、苦手です。触りたくありません」

「どうして？　べつに嚙《か》みついたりしないよ」

「嘴《くちばし》でつつかれるのでは？」

「よしよしと撫《な》でてやれば、大丈夫だよ」

「見本を見せて下さい」

しかたがない。鳥が逃げないように注意しながら、小さな網のドアを開け、僕だけが中に入った。鳥は驚いて、反対側へ逃げた。しかし、羽ばたいたりはしない。優しく声をかけつつ近づいた。手を伸ばすと、案外大人しく捕まった。人に慣れているようだ。撫でてやることもできた。

「上手くいった」僕はロジを見た。「入ってきて」

彼女も小屋の中に入る。少し前屈みの姿勢でないと、頭を打つ。鳥を摑んで前に差し出し、ロジに脚が向くようにした。

「ちょっと、そのままじっとしていて下さい」ロジが鳥の脚を摑もうとしている。

「鳥に言っているのかな?」

「はい、大丈夫。ね、お利口《りこう》さんでしょう?」

ロジは、筒型のカプセルを摘んで、僕に見せた。真ん中で二つに離れ、中身は丸めた紙のようだ。

僕は鳩を下に放してから、ロジが広げた紙切れを見た。数字が書かれている。数字は十五個。途中にスペースがあって、八個と七個。また、前の数字は二つめと三つめの間に、後ろの数字は一つめと二つめの間にピリオドがある。

「これは、緯度と経度ですね」ロジが言った。「ちょっと待って下さい」

彼女は、その数字をじっと見て、入力したようだ。地図と照合しているのだろう。

「ここから、東へ百二十キロほどのところです」

僕たちは、鳥小屋の中で膝を折った。鳩に聞かれてはまずい話というわけではないが、内緒話のように押し殺した声で僕はきいた。

「どうする?」

ロジは口を斜めにして頷き、やはり小声で返した。

「行くしかありませんね」

5

ロジと話し合った結果、そのメモとカプセルは鳩の脚に戻すことにした。もう一度、僕が鳩を摑み上げ、彼女が取り付けた。警察は、おそらくこれを発見していないだろう。少なくともレポートにはなかった。だから、発見する可能性を残しておこう、という僕たちの姿勢である。ただ、まったくの空振りかもしれないので、この時点では報告しないことにした。

「でも、警察は私たちを尾行するかもしれませんよ」クルマを走らせながら、ロジが言った。「情報局は、緩《ゆる》やかな監視をしていると思います」

「何、その緩やかな監視って」僕は尋ねた。

「ガチガチの尾行ではなく、うーん、まあ、周辺のカメラか、あるいはトランスファか、ときどきドローンなどで、軽く確認をする程度」

「それは、けっこうガチガチだと思うけれど」

「監視されている方が安全です。ガードしてもらっていると考えれば、晴れやかな気持ちになれます」

面白いことを言うな、と思って、黙って心の中で笑った。

クルマは、街中で給油した。今時は、液体燃料を扱っているステーションが数少ない。少し大回りすることになった。ハイウェイを東へ向かい、途中から暗い田舎道を走った。その頃には辺りは真っ暗闇になっていた。

「メッセージを残したのは、クラーラさんですよね、リアルの」ロジが話した。「鳩を飼っていたのはクラーラさんだし、それを使ったのも彼女ですよね。でも、ヴァーチャルのクラーラさんは、その話をしませんでした。知らないはずはないと思います。リアルの彼女が、端末でヴァーチャルにログインしていたなら、その時点で、二人は体験も記憶も共有するはずです」

「知っていても話さなかったとしか思えない、普通ならね」僕は言う。考えながら話した。「でも、そもそも二人のクラーラさんは協調していない。一方が行方不明になって、一方は探してくれと依頼してきた。でも、現実には自分から出ていった様子が確認されている。しかも、意味ありげな矢印を残している。普通に描いたのではなく、見つからないように隠されていた。誰に見つからないようにしたのだろう?」

「警察ですか?」

「警察が来るのは、ヴァーチャルのクラーラさんが通報したからだ」僕は指摘する。「警察を呼んで調べてほしいと言っているのと、特殊な塗料で見えないマーキングを残した行動とが、ちぐはぐだね」

「別人のようですね」ロジが呟く。

「リアルの自分がウォーカロンだと判別されたことも、ありえないと考えているようだった。つまり、あれは自分ではない、とヴァーチャルのクラーラさんは考えている。一方、リアルのクラーラさんは、ヴァーチャルの自分には知られたくないと思っているかのような行動を取っている。警察に通報されることを予測して、隠したのか……。失踪することは突発事故ではなく、計画的だったように、ますます見えてきた」

「でも、交通事故のまえは、また別のクラーラさんだったのですか？」

「そこまでは考えが及ばない。そもそも、そっくりのウォーカロンを用意するのは、ただごとじゃない。準備も必要だし、資金も、それから組織力も必要だ。本人に気づかれないように、どうやって処理するのかな……、ああ、そうか！」

突然、その方法を思いついた。僕は、頭の中で仮説の理論的な再構築を行った。物理的に可能なことは、たぶんまちがいない。

「何がわかったんですか？　早く教えて下さい」

「最も可能性が高いのは、リアルに戻ったときも、実はヴァーチャルだったということだ。つまり、クラーラさんは、リアルにいるときも、コンピュータの中で、ウォーカロンの自分を動かしていたんだ。彼女の本当のボディは、事故のときか、そのまえからか、わからないけれど、失われた可能性がある。代替のウォーカロンは、ヴァーチャルからの信号を受け取って動いていた。ヴァーチャルのクラーラさんの意思のまま動いているような振りをしていたんだ。だから、ふわふわとした違和感があった」

「トランスファが、ウォーカロンを操るような感じですか？」

「そう……。一方、ウォーカロンのクラーラさんは、自分の意思を持っていて、クラーラさんがヴァーチャルにいる間は、自由に行動ができた。棺桶で眠っている必要もなかったんじゃないかな。だから、家を出ていけたということ。これはつまり、既に、クラーラさんは、完全にヴァーチャルにシフトした状態だったことを意味している」

「うーん、ちょっと、よくわかりません」ロジは首をふったようだ。

「何がわからない？」

「ヴァーチャルの人格が、リアルにログインして、まるでヴァーチャルにいるように暮らしていた、ということですか？」

「だいたい、そうだね」

「えっと、どうして、そんな複雑な状況になってしまったのでしょうか？」

「ああ、それね……、それは、私もわからない。さっぱりわからない」

「なんか、凄く今、すべてわかったぞって顔でしたけれど」

「うーん、だから、リアルがヴァーチャルだった、という点、裏返しになっている点」僕は説明した。「手法的には、クラーラさんがヴァーチャルからリアルへログオフしたとき、別のヴァーチャルに入るだけなんだ。そこでは、ウォーカロンの五感が再現されている。そして、トランスファが介在して、リアルのウォーカロンを操っている。ここで二つの通信を介在するから、反応が僅かに遅れるというわけ。違和感を抱く原因が、それだと思う」

「ということは、もともと、リアルのクラーラさんはいなかったのですか？　リアルのクラーラさんがいなくなったことを隠すため、わざわざウォーカロンを使って、しばらくはカモフラージュしていた……、そうですか？　本人に対して？」

「そうだろうね」

「それなのに、どうして出ていってしまったんですか？　続けなかったのは何故なのですか？」

「それは……、まあ、なんらかの問題が生じたんだろう」

「それは答になっていません」

「厳しいなぁ」僕は深呼吸をしなければならなかった。頭をクリアにしたい、と思った。

「クラーラさんは、違和感を抱いていた。自分のボディを疑っていた。だから、アミラを通して、問題解決を依頼してきた」

「違いますよ。自分のボディが行方不明になったから、探してくれといってきたんです」

「うーん、そうか……」僕は目を瞑った。「それじゃあ、アミラに相談したことを察知して、偽装工作がバレないうちに、ウォーカロンは行方を晦《くら》ました」

「そうですね、それなら、筋が通ります」ロジが頷いた。「ウォーカロンは、なにか後ろめたさを感じたとか？　個人的な事情があったんですよ」

「何故、こんなことをしているのか、と警察に追及されたくなかった」

「ええ、そんなところです」

「意外と考えがまとまってきたね。意見が一致するなんて珍しい」僕は評価した。

6

午後十時を回った頃、鳩の数字の位置に到着した。最後は、山奥に入る細い道になった。近くに人工物は皆無《かいむ》という寂しい場所で、クルマから降りるのが少し怖い、と思えるほどだった。地図によると、山の中腹辺りで、この道路は先へ数キロ行ったところで終点になるようだ。

道路しかない。両側には歩道もガードレールもなく、大木の森林が迫っている。そちらへ足を踏み入れると、地面は傾斜し、湿った落葉が堆積《たいせき》していた。とても、普通の靴では歩くことができないだろう。

メガネをかけているから、周囲が見渡せるが、これを外すと真っ暗闇でなにもない世界になる。上を向いても、樹の枝が覆《おお》い被《かぶ》さり空は見えない。クルマのすぐ前で僕がきょろきょろと見回している間に、ロジは五十メートルほど先まで歩いていった。いつものことだが、身軽な人だな、と感心させられる。

「こちらへ来て下さい」彼女が呼んだ。

しかたなく、道路を歩いていく。幸い、平たいので歩くことは簡単だったが、周囲の静けさのためか、歩く音が異様に大きく響いた。

「どうしたの?」怖いので、近づいたところで、陽気に声をかけた。

「あそこを」ロジが指を差した。

彼女は、道路と直角の方向を示していた。なにもない。大木の幹が一番近かった。太さが直径一メートル以上ある。その幹の表面に、小さく光るものがあることに僕は気づいた。ロジの視力は抜群だが、僕は人並みか、それ以下である。メガネの機能を使って、ズームアップにした。そして、さらにもう少し近づいてみる。光っているのは、緑色の矢印マークだった。

クラーラのアパートにあったものと同じだが、少し大きい。同じペンで描かれたものだろう。大きい割に非常に細い。焦点を合わせなければ、見落とすだろう。もちろん、夜だから見えている。昼間は紫外線光を当てないかぎり判別できないはずだ。

その矢印は、真上を向いていた。

ロジは上を向いている。僕も上を見た。しかしなにもない。

「この上になにかあるのかな」僕は雰囲気を素直に言葉にした。「あっても、登れないけれど」

「上に、誰かいるようです」ロジが囁くように言った。

僕を脅かそうとしているのだ、と思って、一瞬笑いたくなったけれど、彼女の顔は真剣だった。もう一度、僕も上を見る。メガネを調整して、拡大したり、引いたりしてみた。しかしなにもない。次は赤外線に切り替えてみた。すると、たしかに、中央付近に温度が高い部分があることがわかった。

「ツリーハウスでもあるのかな」僕は冗談を言ってみた。

「そうかもしれません」ロジは否定してくれない。

彼女は、草と落葉の中へ踏み込んでいく。その樹の幹に近づくつもりだ。距離は十メートルほどしかなかったが、辿り着くには相当な体力が必要だろう。僕は、しばらく道路で待つことにした。

「縄梯子《なわばしご》があります」ロジが通信で伝えてきた。メガネが受信した声である。おそらく、周囲に声を聞かれないようにとの配慮だろう。今さら遅いのではないか、と思ったが。

「上は見えない？」僕も小声で話した。

「見えません。上ってみますね」いかにも簡単に言った。

「いや、ちょっと、危ないんじゃないかな」

「大丈夫です。見てきます」

小さな音が聞こえたが、ロジは幹に隠れて見えない。縄梯子は幹のむこう側らしい。しかし、五メートルほど上がったところで、片手を横に出して振ったのが見えた。

「気をつけて」僕は言葉でしかアシストできない。

小さな音は、少しずつ高くなった。小枝が折れるような音もした。

「十メートルほど上りました」ロジが報告した。「上になにかあります」

「何？」

「何かなぁ……。よいしょっと、えっと、人が作ったものですね。枝や蔦《つた》で作られている巣のようなものです」

「す？　鳥の巣みたいな？」

「いえ、もっと立派です。中に入れそうです。あっ……」

「どうしたの？」

ロジの声が聞こえなくなった。

「大丈夫？」

「びっくりした。これは……」

また、しばらく沈黙。

「映像を送ります」ロジの声は落ち着いていた。「驚かないで下さいよ」

僕のメガネに、そこの様子が映し出された。

狭い部屋の中で、壁にもたれて座っている人形のようだった。

ロジが視点を変え、その人形の顔を少し下から覗き込む。

髪の色はわからない。暗いため、すべてが灰色に近かった。だが、白い肌、閉じられた目、僅かに開いた唇は、見ているうちに色が滲《にじ》むように再生された。

まちがいなく、赤毛のクラーラ・オーベルマイヤだった。

「生命反応はありません」ロジがつけ加える。「目立った外傷も、ありませんね。どうします？　グアトも上ってきますか？」

「うーん」僕は考えた。「いや、やめておく。もう少し、周辺を見せて。立ち上がれる？」

視点が高くなった。部屋は二メートル四方ほどか。その三分の一は床がない。穴が開いていて、そこが、縄梯子の先であり、入口のようだ。周囲の壁には窓はない。上を見る。屋根はあるようだ。草を集めて、蔦で縛ったものだろう。持ち物を置くような棚もなく、毛布もない。着替えもなさそうだった。

再び、クラーラを見る角度になった。上半身は、少し左に傾いた姿勢で壁にもたれかかっている。両腕はほぼ真っ直ぐ垂れ、両脚は前に投げ出され、片方の膝は曲がっている。伸びた方の片足の先は、下へ降りる穴から出ていた。スニーカのような靴を履いたままだ。

「そこで生活をしていたとは思えないね」僕は言った。「食料はある?」

「なさそうですね。なにもありません」

「火を使った跡は?」

「うーん、ありませんね」

「では、夜を過ごしたことはない。何日もいたわけではないね」

「あ、これは……」ロジはそう言いながら屈んだようだ。床に手を伸ばしている。「何かな、ああ、鳥の餌なのでは? そんな感じのもの」

見せてくれたのは、小さな粒だった。

「そこから鳩を飛ばしたんだね。でも、ここの緯度と経度を数字に書いたわけだから、少なくとも、端末とペンが必要だ」

ロジが、クラーラの上着を探っている。ポケットから端末が見つかった。それを僕に見せてくれる。さらに、胸のポケットにペンがあった。

「鳩もポケットに入れて、そこまで上ったのかな」

「どうします? 所持品を持ち帰りますか?」ロジがきいた。

「いや、そこに置いたままにしよう。警察が調べてくれる」

現場の映像は終わり、ロジが縄梯子を下り始めた。途中で彼女は陽気に言った。

「さあ、どうしましょうか？　あとは警察に知らせるだけです。それよりも、情報局がさきかなぁ。というのは冗談ですけれど」

人が亡くなっているのに、上機嫌なのは何故なのだろう。緊張のあとでアドレナリンのせいかもしれない。ああでなければ、情報局員は務まらない、ということかな、と僕は改めて思った。

7

ロジのクルマで自宅まで無事に戻った。翌日の未明である。途中で、警察に連絡をした。クラーラらしき遺体を発見した事実だけで、何故その場所で見つけたのかは、とりあえず説明しなかった。もちろん、問われることになるはずで、その場合は正直に答えるつもりである。

警察に知らせれば、情報局にも連絡は行くはずだが、それ以前に、情報局は僕たちの動向を見守っているはずだ、とロジは見立てている。それが、彼女の冗談のネタだった。

幸い、帰宅しても緊急の連絡はなく、数時間眠ることができた。こういった場合の睡眠は、凝縮された深みがあって、気持ちの良いものだ。研究に熱中していた頃、毎日のように経験したことを思い出した。

まず、警察と話すことになった。クラーラ失踪事件を捜査をしている刑事と、ヴァーチャルで会うことになった。わざわざ出頭しなくても良い、という配慮は好意的なものと受け取った。最初の質問は、何故あの場所へ行ったのか、である。

僕は、ありのままの事実を話した。クラーラの部屋で、特殊なインクで描かれた矢印を発見し、それを辿って、屋上の鳥小屋に至った。そこにいた鳩の脚にカプセルがあり、数字のメモが記されていた。だから、その緯度と経度の場所へクルマで向かった。証拠品にロジが触ったが、元の位置に戻しておいた。検査をしたら、わかったことを教えてほしい、といった内容である。

死体には外傷は認められない。死んだのは一週間以上まえだそうだ。おそらく、自殺ではないか、と刑事は話した。ただ、遺書のようなものは残されていない。端末の内部にも、手掛かりになりそうな情報はまだ見つかっていない。検死解剖も含め、すべてを詳細に検査し分析するつもりだ、と刑事は話した。

あの樹の近くの道路には、ロジのクルマとは違うタイヤの跡が残されていたそうだ。駐車しただけではなく、そこで切り返し、逆の方向へ戻った形跡がある。切り返すときに、道路からはみ出し、土の地面にタイヤ跡を比較的くっきりと残した。車種が限定できるかもしれない。

クラーラがあそこまで一人で来た可能性は低い。コミュータを使えば、一人でも可能だが、ああいった辺鄙(へんぴ)な場所で人が一人だけ降りた場合には、自動的に警察に連絡が入ることになっているらしい。今回は、そういったことがなかったそうだ。つまり、誰かが送ってきた、あるいは、一旦は一緒に降りたが、その後、彼女を置き去りにして立ち去った。

その候補者としてまず思い浮かぶのは、ケン・ヨウである。オーロラは、ミュージアム勤務のウォーカロンが類似していると割り出していたが、その情報はまだ警察には届いていないようだった。特定に充分な証拠とはならないためだろう。

警察は、現在はヴァーチャルでクラーラ本人から事情聴取を行っているという。しばらく、僕たちは彼女には会えないようだ。

次に、ドイツ情報局のラウクがヴァーチャルで会いにきた。昨日と同じ服装だった。クラーラの遺体を僕たちが見つけたことを、彼は知っていた。

「これでもう、クラーラはリアルには戻れなくなったというわけです。残念なことです」と彼は言った。奇妙な言い方だな、と感じたけれど、深い意味はないのかもしれない、と思い直した。

「どうやって、あそこへ行ったのでしょうね」僕は、話を誘った。

「あそこへ、彼女を連れていったのは、ケン・ヨウにまちがいありません。彼が運転するクルマが、記録に残っていました。その後、また、ハノーファ方面へ戻ったようですが、その後の足取りは摑めていません。おそらく、既に国外なのではないかと」

「どういう目的の行動だったのでしょう？」僕は尋ねた。「情報局としては、どう考えているのですか？」

「彼は、どこかの組織に所属する工作員だと推定されます。今回の目的は、残念ながら特定できていません」

「特定できなくても、推定はしているのでしょう？」

「センタメリカの独立をご存知ですか？」ラウクが突然話を変えた。

「ええ、ニュースを少し聞いたくらいですけれど」僕は頷く。「何ですか？　なにか関係があるのでしょうか？」

「ケン・ヨウなる人物は、あの国から、少額ですが、資金提供を受けています、ほかにも、なんらかのバックアップを得ている可能性があります」

「なんらかのバックアップ？」

「資金提供以外の援助です。たとえば、技術、物資、人員などです。不確定ですが、その証拠を入手しています」

「ケン・ヨウという名はヴァーチャルでの偽名で、本当は誰か、別の人物なのでしょう？」

「そうだと思いますが、リアルで名乗っている名前も偽名でしょうから、意味がありません。本名はわかっていない。以前はカナダにいたことがありましたが、今は神出鬼没といいますか……。ヴァーチャルではよく捕捉《ほそく》されて、アクセス経路を調べていますが、特定できていません。なんというのか、その方面のプロフェッショナルといえます」

「でも、主な活動はリアル・サイドで、ですよね？」

「そうです。ヴァーチャルだけでは、どうしても解決できない問題に、最終的な決着をつける、そんな仕事を請け負っているようです。組織に所属しているとは思えません。ときには、敵対する組織の仕事も請け負う」

ケン・ヨウに関するドイツ情報局の情報は、オーロラの推定とは、だいぶ違っているようだ。別人なのかもしれない。

「ウォーカロン・メーカのフスと関係があるのですか？」僕は質問した。

「どうでしょう。まったく無関係ではないと思われますが、専属ということはありえません。非合法な活動が目立つので、大企業はおおっぴらに彼を使えないと思います」

「となると、やはり、リアルのクラーラさんを抹殺するために彼がやってきた、という解釈になるわけですか？」

「わかりません。彼女にどれほどの価値があったのか……。機密を握っていたとも思えませんし」

「中米の政変となにか関係があると考えているのですか？」ロジが質問した。

「今のところ、それはないと思います」ラウクは首をふった。「もし関係があったとししたら、もっといろいろな勢力が押し寄せてくるはずです。この失踪騒動を聞きつけて、集まってくるはずです。他国の情報機関、マスコミ、それに政府関係者、あるいは政治学の研究者などなど……。ところが、動きがない。反応が遅いことを、我々は怪しんでいます。まだ誰も知らない、という可能性は大いにあるので、できるだけ、ご内密にお願いします」

「リークしたりしたら、命の保証はない、といったレベルですか？」僕はきいた。

「もし、不安を感じられることがありましたら、情報局からガードを手配します」ラウクが言った。「四時間以内にご自宅の防御態勢を整えることができます」

「それって、具体的には、どんなものですか？　武器を持ったロボットが取り囲んだり、とかですか？」

「ロボットではなく、ウォーカロンもいます」

ドイツ情報局の武闘派ウォーカロンといえば、まっさきに思いつくのはデミアンである。その名をもう少しで口にするところだったが、思い留まった。できれば、近くにいてほしくない人物ではある。不穏な空気を思い切り漂わせる人物だからだ。

ラウクの提案を断り、僕たちはリアルに戻った。

ときどきリアルに帰ってきて、食事をしなければならない。睡眠、入浴、掃除《そうじ》、など、リアルの生活に伴う作業は、実に面倒だ、と感じた人たちが、ヴァーチャルへシフトするのだろう。怪我や病気の心配もないし、また、安全であり、なにより経済的だ。

センタメリカの独立騒動も、国全体をヴァーチャルへシフトするという大きな転換が大衆に支持された結果らしい。そういった新興の政党が国民の支持を得る。ヴァーチャルにシフトすることで税金が安くなるのだから、当然の選択かもしれない。

しかし、今すぐにというには、無理があるだろう。ヴァーチャルの安定と安全は、実はリアルのエネルギィや施設に支えられている。コンピュータの管理とマネージメント、そして長期間のメンテナンスをどのようなシステムで担保するのか、問題は多岐《たき》にわたる。計画だけならば簡単だが、実際問題、運用現場では不透明な部分が多々あることだろう。工学に携わる者なら容易に予測できるはずだ。

人の意見は、ある理念に基づいた説得を続けることで変えられるかもしれない。あるときは圧力をかけたり、脅したりしてもコントロールできる。だが、技術的な問題は、理念だけでは一歩も進まない。エンジニアはそれを知っている。僕は、科学者ではない。やはりエンジニアなのだ。

その立場からすれば、軍隊によるクーデタは愚の骨頂《こっちょう》だし、同じ次元で、ケン・ヨウやデミアンを使うようなグループが、歴史を変えていくとは思えないのだ。歴史を変えるのは、ヒーロではない。もっと精確で精密なシステムの積み重ねだろう。

キッチンに上がったとき、ロジがこう切り出した。

「セリンかペネラピを呼びましょうか？」

彼女もまた、力によるコントロールを信じているところがある。僕は無言で首をふるしかなかった。気分を害したのではない。自分の決断と真剣さを、もう少し外部に対して見せなければならない、と感じたからである。

ロジの反応は無表情かつ無言だった。きっと彼女もわかっているのだ。

その後、警察から簡単なメッセージが入った。ヴァーチャルのクラーラは、リアルの自分の死亡について、驚いた様子ではあったが、大きなショックは受けなかったようだ、と。彼女は、あれは自分ではない、入れ替わったウォーカロンだ、と主張している、という。これは、僕が予想したとおりだった。

気になったのは、リアルの鳩、あの屋上で飼われている鳩だった。警察からは、鳩の行く末についてはなにも報告がなかった。クラーラが死亡したことで、持ち主はいなくなった。向かいの住人が、面倒を見るのだろうか。

8

その日の夜に、僕はクラーラと会うことができた。こちらは遠慮して連絡しなかったのだが、彼女の方からアプローチがあった。

「自殺しようと考えたことがありますか?」単刀直入に、僕は尋ねた。こういった場合、慰めの言葉をかけるのが常套《じょうとう》だし常識だとわかっているけれど、そのような儀式が必要な相手ではない、と確信していたからだ。

「考えたことくらいはあるかしら」クラーラは、言葉を濁《にご》した。「よく覚えていません。若い頃のことは、どんどん記憶が曖昧になっていきます。それで良いと思っていますけれど」

完全にヴァーチャル上にある人格の場合、加齢による記憶能力などの低下は、プログラムとして設定されているのか、それとも劣化はありえないのか、いずれだろうか、と少し思った。

「ヴァーチャルにシフトした場合、リアルのボディはどうするつもりだったのですか?」これも、極めて酷《こく》な質問だったが、きくしかない。

「それも、真剣に考えていませんでした」クラーラは、そこで微笑んだ。意外な表情といっても良いだろう。「もっと時間が経《た》ったさき、だいぶ未来のことだと、ぼんやりと考えていましたから。今すぐにどうしようとは、思いませんでした。だって、大勢の人たちがシフトを考えるようになったら、リアルのボディを合法的に消滅させる仕組みも法律も整備されるのではないでしょうか。中米でそれをしようとしていますよね? あそこへ移住すれば、すぐにも実現しそうじゃないですか」

「でも、それはつまり、自殺することと変わらないのではありませんか？」

「いいえ、違います」クラーラは首をふった。「たとえば、ボディを冷凍保存する方法も選択できます。それから、自分の人工的なボディを再生して、リアルに戻れる手続きをしておく方法も選択できます。少しお金がかかりますけれど」

「そうですか……。世界中から、多くの移民が、ヴァーチャルの新しい国に集まってきそうですね」

「それだけ、ヴァーチャルに対して期待が大きいということだと思います」

「リアルでは満足できないのは、ほとんどの場合、貧困が理由だと聞いたことがあります。そういう人たちは、ヴァーチャルへシフトしたら、有意義な人生が送れると期待しているはずです。実際には、どうなのでしょう？　上手くいくとお考えですか？」

「四人に三人は上手くいく。一人は上手くいかないかもしれない。適合できる人と、できない人が、当然います。それはしかたのないことです」

「リアルの社会に不満を持った人々が、ヴァーチャルに流れ込むことで、あちらの社会が不安定にならないでしょうか？」

「そこは、まあルールというか、政治の問題になりますね。ヴァーチャルは基本的に管理社会です。人が管理するよりも、人工知能が管理する方が公平で、しかも不正が生じない。これ以上の理想はないと考えております」

「任せておいて、大丈夫でしょうか？」

「人工知能に？　それは、ええ、大丈夫なのでは？　グアトさんは、コンピュータがお嫌いですか？」

「いえ、好きとか嫌いの問題ではありません。信頼性というのは、人間でも、人工知能でも、あまり違いがないような気がしています」

「いいえ」クラーラは首をふった。「自分も含めて、人間は信頼性に乏《とぼ》しい生命組織です。沢山の細胞で成り立っていますけれど、個人として成立している人格は、奇跡的な状況の産物といえましょう。特に、これから百年、二百年と生きていくうちに、自然崩壊しないと誰がいえるでしょうか？　経験したことがない未来を私たちは迎えようとしているのです。不安にならない方が、不自然というものではありませんか？」

「なるほど……、そういうふうに考えるわけですか。ええ、一理あると思います。たしかに、そうかもしれません。でも、人工知能だって、無数のチップで成り立っていますし、膨大なデータとプログラムで人格のようなものを形成している。ほとんど同じですよ。まだ歴史が短いから顕在《けんざい》化していませんが、彼らも病気になるし、異常を来《きた》すこともあると思います。人工知能全盛期になれば、当然、ウィルスも沢山出てくることでしょう」

「でも、自分の中に主治医を持っています。自己判断、自己認識によって、危険は回避されるはずです。それに、人々のバックグラウンドを作る知能は、一人の人工知能ではありません。複数の優秀な知能の合議によるシステムであり、安定性は、人間の集団とは比べものにならないはず」

「そこは認めます。人工知能は大きな戦争をしませんね。でも、それは彼らが穏やかで優しいからではない。善人だからでもない。戦うこと、戦ったあとのことが予測できるから、つまり人間よりも賢くて、利害のシミュレーションができるからです」僕は、日頃感じていることを話した。この種のことは、他者と議論する機会が滅多にない。「私は、逆にそこに、うーん、少しですけれど、不安を感じますね。理想や道徳ではなく、未来に対する利害の収支なのです。それが良い方向に向けば問題ありませんが、あるときは逆になる可能性だってある。ただ、もちろん、感情に流される人間よりは、利害を客観的に評価できることは、優れた人格といえるかもしれない。そういう思いもあって、そうですね、複雑なんです。どちらとも決められない。人工知能が時間をかけて、もうワンステップ成長してくれたら、このような不安も払拭《ふっしょく》されるかもしれません」

「先生が、ヴァーチャルに抵抗感を持たれるのは、やはり監視社会であるという不安なのではありませんか?」

「そうですね。それは大きいと思います」

「その不安は、その監視する立場の者をさらに上から監視するシステムによって解消されませんか?」

「コンピュータの上に立つ者は、何でしょうか？」

「新しいタイプのコンピュータです」

「なるほど、それはだいぶ昔から、いろいろ取沙汰《とりざた》されてきました。量子コンピュータや多次元コンピュータなどです。しかし、どれも結局は同じ部類のものが、多少の性能アップ、つまり演算速度と容量の強化に留まる結果でした。今は多数の合議システムに行き着いています。人類が新たな人類になれなかったのと同様に、コンピュータも進化に限界があったということだと認識しています」

「でも、システムとして採用されれば、過度の監視、過度の抑制を防止することは可能だと思いますが」

「はい、可能ですが、またそこに抜け道を模索することになる。歴史的に見て、その繰返しだと思えるのです。悲観的でしょうか？」

「そうですね。結局、私たちの意見の違いは、多少のリスクを許容して新しいフィールドに踏み込むのか、そのリスクがある以上既存のエリアに留まるのか、ということでしょうか？」

「まあ、だいたいそうです。同意します。ただ、どちらも試してみれば良い、駄目だったらやり直せば良い、とはいかない場合がある点が重要です。一旦、ヴァーチャルにシフトすれば、元に戻すことは難しい。であれば、もうしばらく様子を見て、リスクが少しでも取り除かれるのを待ってはどうか、と私は考えます」

「そのご意見には、私も基本的に同意します。でも、留まることでエネルギィは失われ、環境は悪化するでしょう。人間の数も減ります。多くの命が失われるということです。先生には、まだ留まる時間があります。でも、それがない人も大勢いるということです」

「そうですね。私の意見は、あくまでも私個人の生き方に根差しています。地球や世界のことは、あまり考えていないかもしれない。その視点は、大切だとは思います。とても参考になりました」

棺桶から起き上がると、ロジが近くの椅子に座っていた。

「どうでした?」彼女がきいた。

「クラーラさんに、ヴァーチャルへのシフトを説得されそうになった」

「そんな話をしていたのですか? 自分の死体が見つかったことについて、何と言っていましたか?」

「あれは、自分ではないって」僕は答える。「身代わりのウォーカロンだと」

「では、まだどこかにクラーラさんが生きている、と信じているのですか?」ロジは溜息をついた。「でも、そうだとしたら、交通事故の手術のときに、本物のボディは持ち去られたことになりますよね。それは、警察が調べたはずですが……」

「あるいは、もっと以前だった可能性もある」僕は、そう話しながら考える。「ウォーカロンと入れ替わって、違和感があった。だから事故を起こしたのかもしれない。トランスファは、猫を操ったのではなく、クラーラさんをコントロールして、事故を起こさせたのかも」
「何のためにですか？」
「さあ、全然わからない」

9

翌日、ハンス・ヴォッシュ博士が訪ねてきた。といっても、リアルではない。ヴァーチャル・サイドの、僕たちの家の近所、村の公園だった。特になにがあるというわけでもない。芝生《しばふ》が広がっていて、周囲に花壇がある。季節に関係なく、いつも綺麗に咲き誇っている。だから、あまりありがたみがない。

ヴォッシュは、歩いてきたよ、と冗談を言った。彼は、世界的な科学者であり、僕などが親しくしてもらっているのは不思議なくらいの著名人でもある。特に、ドイツでは人気があるから、しばしば、マスコミにも登場しているようだ。

彼が会いにきたのは、クラーラの名前は出さないまでも、ヴァーチャルの個人から、リアルの自分を見失ったため調査してほしい、と依頼されたことを伝えたからだった。

ヴォッシュは、コンピュータや人工知能の権威であり、ヴァーチャル・シフトについての意見が聞きたかった。

会ってまず話したのは、探していたリアルの本人が死体として発見されたことだった。

「それはまた、悲劇的なことだ」ヴォッシュは眉を顰めた。「ヴァーチャルの本人は、嘆いていたかね?」

「いえ、それが、事情はもっと複雑なんです」

そこで、その依頼者のリアルは、ウォーカロンに入れ替わったとの疑惑があることを話した。このため、本人は、それは偽の自分であって、私のボディではない、と言っていると。

「ほう、聞いたことがないね、そんな話は」ヴォッシュは、鬚《ひげ》を指で摘《つま》むように触れた。

「そんな都合の良いウォーカロンを差し向けた相手というのは、誰なんだろう? その心当たりが、その人にはあるのかな?」

「いいえ、ありませんね。警察も情報局も、それに私たちも、そこがわからないのです」僕は言った。「多大な手間と資金が必要な行為です。しかも、それで何が得られるのかもわからない。そんな陰謀って、あるでしょうか?」

「もし気づかれなかったのなら、うーん、それなりに得られるものがあるかもしれない。財産を横取りするとかの詐欺《さぎ》行為だ」ヴォッシュは言った。「だが、気づかれてしまったんだろう?」

「それは、判別器にたまたまかけられたからなんです。それでウォーカロンだとわかった。でも、本人は自分が人間であることを知っている。だからおかしい、となったわけです」

「ほう、自分が人間だと、その人は知っていたのか。それはそれで、なかなかのものじゃないかね」

「え、そうですか……」ヴォッシュの反応に、僕は少々驚いた。「自分が人間だって、人間だったら、誰でもわかっているのではありませんか?」

「そう簡単にいえるかな」ヴォッシュは目を細めた。片方を瞑っているようにも見える。いつもの表情である。「しかし、ウォーカロンだって、あるいは人工知能だって、自分は認識できる。自分が人間か人間でないかの認識は、先天的な感覚ではない。ただ、人間というものを学んで、それに自分が含まれるとの意識をオーバライトするだけだ。自分という感覚は、相変わらず同じものだ。自分はわかる。しかし、自分が何者かは、わからない。そうじゃないかね?」

「人間の場合、自分を認識するのは、三歳くらいでしょうか」

「測定ができないから、はっきりとしたことはいえないが、だいたいそんなものかな。動物になると、自覚があるかどうかは、微妙なところだ。自分を持っているものもいるし、同じ種族でも、それを持たないものもいるだろう。人工知能でも同じだ。ただ、人工知能は、自意識という概念を知識として知っているから、その観測に積極的になる傾向にある。観察の積極性が自分というものを生み出すとすれば、早期に自分が現れることになる」

「人間以外にも、たとえば組織や国家などの観測と管理を任された人工知能は、そこに新しい自己を発見するのですか?」

「そういわれているが、今のところ実例はない。最近では、センタメリカの政変を、私は注視しているところだよ。七つのスーパ・コンピュータが政治的管理に携わっているみたいだが、適度に小規模で、適度に限定された国民、あるいは組織を受け持っている。そうなると、国を自分だと意識するネットワーク・システムが構築されるだろうね。未《いま》だ、その具体的な形態は明らかになっていない。さらにそれを観察する上位システムが存在しないからだ。国際社会が、これをどう受け止めるのか、極めて興味をそそられる。神が現れたって、それを見届ける神がいなければ、誰にも存在は把握できない」

「今回のウォーカロンによる入替えと失踪に関わったとされる別のウォーカロンがいて、彼はそのセンタメリカに関係した人物とされているようです」

「ほう、妙なところでリンクするものだね。うーん」ヴォッシュは上を向いて唸《うな》った。

「今話した、自分の自覚を持ったスーパ・ネットワークとは、つまり共通思考なんだよ、マガタ・シキ博士のね」

「え?」突然の指摘に、僕は驚いた。「あぁ、やっぱりそうなんですね!」

「やっぱり、とは?」

「あ、いえ……」僕は一呼吸置いた。「意味もなく、その、うーん、単なる連想なんですが、共通思考がずっと頭から離れなくて、思考の端々にちらちらしているというか、消えないというか……」

「いつから?」ヴォッシュはきいた。「いや、私も実はそうなんだ。今回の政変の話を聞いたときから、そう直感した。共通思考が初めてこの世界に姿を現したんじゃないかとね」

「私の場合は、えっと、ヴァーチャルへシフトしようとしている人が、リアルではボディをウォーカロンに乗っ取られた、その話を聞いてからです。恥ずかしながら、その、中米のニュースは聞き流していましたから、つい最近まで知りませんでした」

「何が私たちに、そう思わせたのだろう? 不思議なことではないか。私も君も、普通の人間だ。ヴァーチャルにどっぷり浸かっているわけでもないだろう?」

「しかし、こうしてヴァーチャルを利用してはいます。今、我々の頭脳は、もちろんリアルに存在するわけですが、ヴァーチャルからの信号を受けているはずです」

「なんと!」ヴォッシュは、目を見開き、遅れて指を一本立てた。「そうか! 意図的なものだったのか、これは」

「その可能性は、大いにありますね」

「面白い。こんなおしゃべりをしている場合ではないぞ」

「はい、ここ最近の信号記録を分析してみましょう」

「うーん、どういうメカニズムなんだ？　面白いじゃないか。では、六時間後に再会しよう」

「六時間後。了解しました」

ヴォッシュと別れても、僕はヴァーチャルにいた。こちらの方が、この種の分析には向いているからだ。かつて日本の情報局に勤務していたときと同じ研究室で、僕はデータをピックアップする作業を始めた。

気のせいだと思っていたものが、根拠のある反応だったかもしれない、という疑惑である。そもそも人間のインスピレーションというものは、人工知能が最も欲しがる能力であり、各方面から研究が進められている。現代では、その半分ほどは起動のメカニズムが解明され、人工的な再現も可能となりつつある。いずれそのうち、人工知能も人間と同様に連想し、発想し、予感し、突飛なことを思いつくようになるはずだ。

それは、実は危険な面もある。人工知能が人間を不要な存在と見る、といった下世話な議論では全然ない。そうではなく、コンピュータが管理する場において、人間の連想、発想、予感をコントロールすることが可能になる、という危険性を孕《はら》んでいる。つまり、なんとなくそんな気がする、という状況に個人を追い立てる精神操作が外部から可能になる。

これまで、ウォーカロンはトランスファにコントロールされる脆弱性《ぜいじゃく》が指摘され、数々の防御措置が採られてきた。ヴァーチャルにあれば直接、またリアルであっても通信可能な状況にあれば、比較的簡単にコントロールされてしまう。

もしかして、中米の政変と関係があるというのは、そういったことだろうか。もしそうなら、ヴォッシュが注目しているのも当然だ。

突然、ドアがノックされた。その音で、飛び上がるほど僕は驚いた。

ドアを見る。ここへやってくるような者はいないはずだ。いるとしたら、事前にコンタクトの許可を求めてくるだろう。僕が承認しないかぎり、このエリアに入ることはできない。システムの設定が、そうなっているのだから。

「誰ですか?」そう応えるのが自然だろう、と考えて尋ねてみた。可能性として、オーロラならば可能かもしれない。だが、彼女なら手順を踏んで、事前に確認するだろう。

返事はないが、再び小さくノックされた。

「どうぞ」僕は言った。これが正式な承認となる。次の可能性として、思い当たるものがあったからだ。

ドアが空き、少女が入ってきた。

ドアを閉めてから振り返り、僕を見た。

赤い目が、貫《つらぬ》くように僕を捉えている。

「君か」僕は微笑んだ。「名前を言わないように、かな?」

少女は頷き、ゆっくりと笑顔に変わった。

この少女の正体は、トランスファである。トランスファとは、固有のサーバを持たない人工知能のことで、ネットワークに生息し、多数の場所に分散して活動する。初めて存在が確認されたのが、この彼女であり、僕はデボラと呼んでいた。名前を口にしないように、と以前に指示されたが、それは、存在の痕跡をデータとして残さないためだろう、と想像できる。いわば、ネットワークの闇に生きる生命体といったところか。

少女は、僕の近くまできた。椅子が一つ空いていたので、僕は片手でそちらへ誘った。

彼女は、そこに腰掛けた。

「データを分析する必要はありません」大人びた口調は、彼女の容姿といかにもアンバランスだった。「私が、信号を送り込みました」

「ヴォッシュ博士にも?」

「差し出がましいことですが、危険が迫っていると予測できたため、お伝えしようと演算しました」

「どんな危険が？」

「センタメリカの政変の真相を探ろうとする人を抹殺する勢力が存在します」

「抹殺というのは？」

「機能しないような処理。リアルの人間であれば、殺すこと」

「物騒《ぶっそう》だね」

「はい」

「それに、共通思考が関わっていると？」

「おそらく、中心にあります。プロテクトが強力で、私は近づけません」

「共通思考が、その抹殺を実行しているのかな？」

「違います。共通思考はそのような意思をまだ持っていません。持てば、周囲に知れ渡るはずです」

「アミラやオーロラは、その危険を、まだ知らない？」

「見極められないでしょう。表向きには、全体のシステムに問題があるように疑われます。しかし、原因はもっと小さな一部にあります。そこを、七つの人工知能が隠しています。アミラやオーロラが眠っていたときから、中心は発生していました。私も、一時期、関わりを持ったのですが、今は危険を感じて中立の立場を堅持《けんじ》しています。これ以上、反対勢力に加担すれば、裏切り者と見なされ削除対象となります」

「その反対勢力というのは、こちら側のこと？　日本の情報局？　ドイツの情報局？」

「それらすべてです。ただ、世界の大半は主原因を感知していません。感知すれば、世界中が反対勢力となります。そうなることを恐れて、真相が解明される事態を阻止しようとしています。危険が迫っているのは、その阻止行為の影響です」

「なるほど……」僕は腕組みをした。「困ったな、それは……。ロジに知れたら、もうなにもできなくなりそうだ」

「なにもできません。ただ、防戦するだけの戦いになります」

「戦い？　リアルで戦争になる？」

「可能性があります」

「いったい、何が原因なの？　何をしたの？」

第3章　存在の根源とは？　The origin of existence?

マラークは微笑んだ。そう、イエスはまぎれもなくその両方——人であり、神でもある。だが、処女降誕は神性を生じさせる上で不可欠なものではない。それは別の話だ。

1

デボラは僕に直接的な表現で語らなかった。だが、彼女が示唆《しさ》したことで、僕はほとんど確信することができた。もともと、ここまで洞察することが期待されていたのだ。僕も、そしてヴォッシュも、緊張感を持たなかったためか、予感を持っても、そこから思考を深めなかった。だから、その悪事ともいえる行為を発想できなかった。デボラは、それに気づかせるために危険を冒して会いにきたのだ。

ロジに話し、オーロラが対応を検討し、一時間後には、僕とロジは家を出ることになった。最初はコミュータを呼んで二人で乗ったのに、見る間に周りに警察や情報局のクルマが護衛についた。ハイウェイを走るときには、軍隊が移動しているような規模になっていた。しかし、それでも安全ではない、とロジは言った。彼女は極度に緊張している様子だった。いつものとおり、スポーツバッグに銃器を詰め、自分はもちろん、僕にもケブラの防弾ジャケットを着させた。

無事に、ドイツ情報局の地下基地に到着したのは、夕方のことだった。移動の最後は、冠雪《かんせつ》した山岳地帯が望める辺りでトンネルに入った。国境を越えた可能性もある。

ヴォッシュ博士は既に到着していた。彼は笑顔で片手を上げた。すぐ後ろに、助手のペィシェンスの姿があった。彼女は古いタイプのメカニカルなウォーカロンだが、最近バージョンアップしたと聞いている。久しぶりだったが、見た目に変化はない。

「本当に戦争になるのかね?」ヴォッシュはいきなり尋ねてきた。

「どうなんでしょう」僕は軽く首をふった。「戦争を仕掛けてくるとは思えません。単に、知られたくないことがあって、それを知った者を抹殺しようとする、との予測らしいのですが……。でも、知ったら、すぐに公開してしまえば、それで終わるような気がします」

「君は、もう知っているのでは?」

「薄々ならば」僕は頷いた。「でも、確信もないし、証拠もありません。公表するような段階ではありません」

「この界隈《かいわい》のものは、なんだってそうだよ。確信はできない。証拠なんてものはない。全部信号なんだから、いくらでも捏造《ねつぞう》できる。公開したって、誰も信じない。うん、そういうのが常識になっている」

「そう思います。だから、見逃してくれ、と言いたい」

「私たちに予感させたのは、まえに君と一緒だったトランスファかね?」

「はい。でも、その名前を口にしないで下さい。痕跡が残ることを彼女は恐れています。どうやら、以前はあちらの内部で情報を共有する立場だったらしくて……」

「ここは大丈夫だろう。天下の情報局だ。外部に漏れるようなことはないし、攻撃もできない」

「ええ……、でも、リアルにも、スパイはいます。スタッフの中に紛れ込んでいる可能性はあります」

「それより、いつまでここに隠れていれば良いのかな?」ヴォッシュは機嫌が良さそうだ。ここにいる状況を悪くないと考えている様子である。

もちろん、ただ匿《かくま》われているだけではない。情報局は、建国を宣言したヴァーチャル国家センタメリカの中枢への潜入を試みている。ヴァーチャルの国内がどのような状況なのかを把握し、世界に知らせる必要がある、と数カ国が協同でチャレンジしているらしい。だが、状況は芳《かんば》しくない。ネットワークには厳しい制限が課せられ、その国の内部を覗き見ることが難しくなっている。

伝わってきた一部の情報は、彼らにとって都合の良い、いわば作られた幻影だった。また、リアルでは、物流も途絶えていないし、そのエリアに住む人々も普通に生活している。そのうちの誰が、何割くらいの人口が、センタメリカの国民なのか、簡単には特定できない。さらに、表向きは、世界中のどこからでも、センタメリカへの移住を歓迎すると発表されたため、今も国民の数が増え続けているものと予想される。

当然、移住する振りをして内部の事情を調査しようという動きも活発で、マスコミなども大勢の特派員を派遣しているだろう。だが、国民になったからといって、全体像、国の実情はわからない。そこには、一見平和で暮らしやすい理想郷らしきものがあるだけだ。政治や統治システムにも異常性は発見できない。民意によって、ヴァーチャルでの独立を宣言した、という経緯が伝えられているものの、その選挙の実態について、国際機関からの査察を受け入れたばかりの段階だった。

疑わしいというだけで、具体的な不審点はまだ見つかっていない。また、今現在、他国間の問題も発生していない。人権的な弾圧があったり、情報の隠蔽など、不正な施政があったとの報告もなく、主張の衝突で反対の立場を表明しているグループも、目立った活動を開始していない。

それなのに、重大な問題を内部に抱えていて、それが暴《あば》かれることを恐れている、という告発が、あるトランスファからあった。それが現在の状況である。

日本とドイツの情報局は、これに対して即座に対応した。既にその可能性があることを感知して、対処を想定・準備していたのは明らかだ。そして、ヴォッシュや僕を招き入れたのは、内部告発者の関係者を保護するということよりも、センタメリカの中枢を担うスーパ・コンピュータへの侵入に協力してほしいからだった。まだ、直接のその要請は来ていないが、内々にそれに近いメッセージを受け取っていた。安全を確保してやるから、味方となって働け、ということである。

ラウク局員が現れるものと思っていたが、彼の姿はなかった。クラーラの事件とはまた別の次元へ、問題はシフトチェンジしたようだ。そのかわり、僕たちの前に姿を見せたのは、意外な人物だった。

産業技術博物館の館長ミュラである。見かけは三十代の女性で、戦闘型ウォーカロンのデミアンと深い関係がある人物だ。しかも、彼女の兄は情報局の捜査官として高位にあった人物であり、当然情報局と密接なつながりがある。情報局の秘密基地にいても、全然おかしくない人物ではある。

「お久しぶりです」僕は彼女と握手をした。「もしかして、今は情報局の幹部なのではありませんか？」

僕の言葉を無視して、ミュラはヴォッシュと握手をした。それから、ロジやペィシェンスを見て、会釈をする。この二人は、握手をするには距離のあるところに立っていたからだ。

「どういうわけか、今回臨時で役目を仰せつかって、この作戦の指揮を任されました。私は、情報局の外部の人間です。しかし、今は国家的、国際的な危機に直面しているわけで、最も成功確率の高い人材を投入することをコンピュータが決めたようです。よろしくお願いします」

「作戦なのですか?」僕は尋ねた。「具体的に何をしようとしているのですか?」

「なにかをする段階ではありません。何をすべきかを考えることが、現在のノルマです。目標に向けて観測のためのトランスファを放ちました。既にデータが送られてきています。まずはその分析。そして、どこかに過去の偽装工作の証拠となるものがないか、あるいは今後の破壊工作等の兆候がないか、それらの発見と察知などが当面の任務といえます」

「それを、私たちに?」ヴォッシュが、少し笑いながらきいた。

「先生方は、オブザーバです。百名以上のスタッフが二週間まえから活動をしています。いちおう私が統括していますが、人工知能のリーダシップを尊重するつもりです。先生方には、是非有用な助言をいただきたいと存じます」

「その数百名のスタッフも、この基地にいるのですか?」僕は尋ねた。

「全員ではありませんが、半数以上はこちらに」ミュラは答えた。

「そうなると、ヴォッシュ博士を狙《ねら》ってくるリアルの攻撃に、大勢のスタッフが晒《さら》される危険がありませんか?」自分のことは控えておこうと思った。

「安全は確保できると思います。この基地はミサイルによる核攻撃にも耐えることができます」

「ここが耐えても、周囲が犠牲になる」ヴォッシュが鼻から息を吐いた。「まあ、人口密集地ではない、という選択かな?」

「そのとおりです」ミュラは頷いた。

「そもそも、ヴァーチャルの国家なのだから、リアルの軍隊や兵器を持たないのではありませんか? 攻撃してくるなら、電子戦ですよね。防御は、ここのサーバや人工知能、それにトランスファが担うわけです。基地の構造よりも、そちらの問題だと思いますが」

「そのとおりです。ご心配には及びません」ミュラは、初めて少し微笑んだ。「いかなる状況も想定しています。あの、よろしければ、あちらでなにか、お飲みものを……」

吹抜けのロビィのような場所にいたが、彼女は階段の方、しかも少し上を指さしたようだ。

ミュラの案内で階段を上ると、大きなソファのラウンジがあった。テーブルは三つで、それぞれにソファが二脚並んでいる。座っている者は一人もいなかった。

今にも戦争になるというときに、これでは寛《くつろ》ぎすぎなのではないか、と僕は感じたけれど、リラックスできる余裕がなければ、人間の頭は回らないものだ、と彼らは知っているのだろう。

2

ミュラは僕たちをラウンジに残して戻っていった。ロボットが淹れてくれたコーヒーを飲んでいる間に、警察からのメッセージがロジに届いた。

樹の上で発見されたクラーラの死因は、市販されている薬剤の多量摂取によるものと断定された。死後一週間から十日の範囲で、もちろん蘇生《そせい》は不可能な状態だった。生前に拘束された跡もなく、また死後に移動した形跡もない。自殺したものと考えられる。また、現場には、鳩の羽が残っていた。連れてきた伝書鳩《でんしょばと》にメモを付けて、自宅へ戻らせたことを物語っている。自分の鳩を連れてきたことからも、誘拐され、強制的にあの場所へ連行されたわけではない。したがって、薬を服用したのも自由意思である確率が極めて高い。

「それから、彼女がウォーカロンであったことも確認されたそうです」ロジは付け加えた。これは司法解剖の結果だろう。「先生の判別器は正しかったというわけです」

僕は無言で頷いた。その点については、まったく疑っていなかった。科学者とは、その程度には自信家なのである。

地理的に遠い国の政変に、突然視線が移ったが、そもそもクラーラの事件とはどのように関連するのか。その点について、僕は自分なりの解釈を既に持っていたけれど、まだ誰にも話していなかった。おそらく、ヴォッシュも気づいているだろう。実証できない空論を話し合ってもしかたがない、という気持ちが沈黙の理由だ。なによりも、データを集めることが先決だろう。

ヴォッシュとは、ウォーカロンの頭脳にヴァーチャルの個人が乗り込む行為について議論をした。トランスファを介する方法が最も単純だが、それ以外にも、専用の装置を作ることが可能だろう、との認識では一致している。

技術的に可能なのに、これまでそういった行為が行われなかったのは、トランスファの利用が一般的でないこと、また、その行為に対する需要がなかったことが挙げられる。そもそも、これまでの人格は、リアルに根幹があった。ヴァーチャルにしか存在しない人格が極めて少数だっただけだ。

クラーラは、ヴァーチャルに人格が既にシフトしていた。彼女は気づかないうちに、リアルではウォーカロンをコントロールし、それが自分だと錯覚していたのだ。ちょうど、リアルからヴァーチャルへログインするのと逆に、彼女はリアルにログインしていたのだ。

こういった技術は、広く利用されるものではない。メリットがないからだ。しかし、たとえば、ヴァーチャルの国家がリアルの戦力を持ちたいと欲した場合、ウォーカロンやロボットを使った軍隊を、この方法によって組織することは可能だ。

「なるほど、ありえない話ではない」ヴォッシュは頷いた。「しかし、リアルで武力を行使して、何が得られる？　何が欲しい？　彼らは、ヴァーチャルに籠もって、理想郷を作ろうしている。世界の誰もそれに反対などしない。彼らのエネルギィ源を攻撃する者も存在しないはずだ。そこまで恐れて準備をするとは思えないね」

「そうですね。そういった考えを持っていたら、そもそもヴァーチャルへは行かないでしょう」

「そのとおり。暴力というものは、リアルに未練がある精神の発想だ。リアルから逃れるのは、暴力を嫌い、争いごとから離れたいことが主な動機になっているはずではないか」

「そうですよね……」

「そんなことよりも、ミサイルを撃てば良い。兵隊など不要だ」ヴォッシュは言った。

「クラーラさんが自殺をした理由は、何でしょうか？」僕の隣に座っていたロジがきいた。僕にではない、ヴォッシュに尋ねたようだ。僕にはその答を思いつけないことを彼女は知っているようだ。

「残念ながら、ロジさん。私にはさっぱりわかりません」ヴォッシュは首をふった。「自殺というのは、世を儚《はかな》んで決意するものでしょうが、そのウォーカロンは、何に絶望したのだろう？　ヴァーチャルの個人の振りをする自分の任務に、嫌気がさしたのかな。あるいは、もっとなにかプライベートな問題を抱えていたか」

「完全に自殺と断定されたわけでもありません。組織の圧力で、命令を押しつけられた可能性もあったと思います」僕は話した。「人間って、死ねと命じられて死ぬ場合がありま す。戦争になると、そういった例が無数にあります。戦争自体が、自殺行為に等しいし、戦死というのはすべて、自殺だといえなくもありません」

「それは、錯覚や陶酔によって、ある意味、希望を持って死ぬわけで、うーん、状況は多少は良いと見るべきなのか」ヴォッシュは口元を緩めた。「多少だがね」

「評価をしても、失われた命は戻りませんけれど」僕は溜息をつく。鳩を放って、自分の居場所を知らせた心境を、今ひとつトレースできない。どんなふうに考えたのだろうか。

　ヴォッシュがトイレに行くと席を立ったので、僕もついていくことにする。二階の通路を五十メートルほど歩いたところらしい。

「なにか、話があるからついてきたんだろう？」ヴォッシュが途中で囁いた。「女性には聞かせたくない話かね？」

「いえ、性別には無関係です。あの、確認ですが、隠されているものとは、つまり、捏造疑惑ですね？」

「うん、おそらくね」ヴォッシュは真剣な目つきで頷いた。「しかし、簡単に解決できるかな。告発しようにも、なにも証拠がない。電子界では、これがやっかいなんだ」

「立証は難しいですね、たしかに……」僕は頷いた。「でも、放っておけば、もっと大掛かりになって、広範囲にどんどん広がっていく可能性があります」

「そうだ。それは避けねばならない。情報局はそれを懸念している。おそらく、知っているのだろう。だから、私たちに、何が原因だと質《ただ》さない」

トイレに入ったところで会話が途切れる。

鏡の前で手を洗っているとき、再開となった。

「不正を働いているのは、人工知能だ。緻密《ちみつ》な計画と、網羅的な創作能力が要求される。人間には不可能だよ」

「どれくらいの規模になっているのでしょう?」

「いつ頃からなのかによるね。しかし、時間がかかる行為だ。まだ途上だったのに、たまたま政変が起こってしまった可能性が高い。独立騒ぎは、意図的なものではなく、一部の暴走だったかもしれない。不自然な印象、それに不信感を持たれる。世界から注目を集めて、観察され、口出しされることになる。もちろん、それも予測していただろう。ただ、どれほどの規模で調査されるか読みきれなかったかもしれない。一方、こちらの陣営は、今叩《たた》いておかないと危険が大きくなる、という演算をしているはずだ」

「アミラやオーロラは、なにも話してくれませんでしたが」

「君には話さないだろう。しかし、情報局や政府の上層部は知らされているはずだ」

「ピンポイントで攻撃しようとしているから、周囲には内緒にしているのですね」

「そういうこと」ヴォッシュは頷いた。

ラウンジに戻り、ソファに腰掛ける。隣のロジが鋭い目つきで僕を睨《にら》んだ。

「どうしたんですか?」彼女は耳元に顔を近づけて囁いた。「なんか、興奮していますね」

「あとで」僕は発声せずに口の形だけで答えた。

リラックスタイムは終了し、作業を行う部屋に移った。僕たち四人のほかには、ロボットしかいない、比較的小さな部屋だった。デスクが四つあり、立体モニタが使える環境だった。

僕もヴォッシュも黙ってモニタに向かった。情報局が収集した多方面のレポートをまず読まされた。ロジも、モニタで別の作業をしているようだ。おそらく、日本の情報局とのやり取りだろう。ペィシェンスは、座っているだけで、ヴォッシュをじっと見つめていた。

既に、クラーラ・オーベルマイヤの事件から離れ、政変のあったセンタメリカのスーパ・コンピュータに関する分析だった。何をしているか、どれくらいの演算を実行しているか、どの範囲に信号が及んでいるか、などの数値が並ぶシートを次々と眺め、思いついたことを検索し、簡単な演算をさせて別の数列を表示させる、という作業である。なにか傾向が見出《みいだ》されたときには、同じ傾向のものを探し、さらに関連する要因か結果をリンクさせる。そういった試行錯誤を繰り返す作業である。これは、ほとんど研究行為そのものといえる。

「やはり、スーパ・コンピュータがフル稼働しているね」三メートルほど離れた席のヴォッシュが呟いた。もちろん、僕に聞こえる音量なので、独り言《ひとごと》ではない。「電力消費量は、状況証拠の一つとはなりえる。しかし、幾多の可能性を排除したのちの話だがね」

「この国は、これだけのエネルギィ消費を、どのように賄《まかな》っているのでしょうか？　大規模なジェネレータがなければ、外貨を必要とするはずです。何で稼ぐのかな。何を生産するつもりでしょうか？」

「普通のヴァーチャル企業は、ソフトウェア開発がメインになる。しかし、そういった人材を集めているような兆候は見られない」

「コンピュータ技師というのは、意外と現実派ですからね」僕は言った。「リアルの趣味を持っている人が多い」

ドアがノックされ、返事をすると、入ってきたのはミュラだった。僕たちが仕事をしているか確認にきたのだろうか。

「お邪魔をするつもりはありません。なにか必要なものがあったら、遠慮なくおっしゃって下さい」

「なにもない」ヴォッシュは顔を向けずに答えた。

「今のところ、ええ、仕事環境は快適です」僕は彼女を見て答え、ミュラは微笑んだ。

「ところで、クラーラ・オーベルマイヤさん以外にも、同じような境遇の人がいますか？ つまり、リアルの自分を見失った個人を、ほかに把握していますか？」

「いいえ。彼女が唯一の例外です」ミュラは即答した。「現在、多くの情報機関と協力して探しているところです」

「あのヴァーチャルと、クラーラさんは、どこのサーバに存在するのですか？ センタメリカではありませんよね？」

「複数の国のサーバが共同運用しているヴァーチャルです。残念ながら、同じスーパ・コンピュータをセンタメリカも使っています」

「では、やっぱり、関連があったんだ」僕は溜息をついた。そういうことだったのか、とも思った。

「ドイツも日本もそのヴァーチャルには参加をしておりません。主にアフリカとオセアニアで、約二十カ国が所有権を持っています」

「それらのサーバを、ここへ持ってきてしまえば、むこうは慌てるでしょうね」

すなわちそれは、ヴァーチャルのクラーラを人質に取ることを意味する。彼女は、重要な参考人であり、証拠品でもある。こちらの管理下に置かれれば、真実を語る可能性があるだろう。もちろん、彼女が真実を知らない可能性の方が高いかもしれない。それでも、彼女の存在自体が、問題解決の要《かなめ》となりうる。僕に危険が迫っているとの演算は、僕がクラーラと関わったからなのだ。

僕のその意見に、ミュラは目を少し見開いたまま、黙ってしまった。ヴォッシュも僕の方を向いた。それほど大それたことを言ったつもりはなかった。一つの作戦として効果が期待できそうだ、と思いついただけだった。

「簡単ではありません。外交上の問題にもなります」ようやくミュラが話した。「いちおう、その……、上層部を交えて検討いたします」

ミュラは一礼し、部屋から出ていった。

「彼女は上層部じゃないのかな」僕は呟いた。

「そんな電撃作戦は、誰も考えていない。思いつきもしない」ヴォッシュは笑った。「しかし、それこそ戦争になるか、それとも、交渉の場へ相手をを引きずり出すことになるか……。君は、どちらに賭ける？」

「三対七で、後者ですよ」僕は言った。

「私は、六対四で前者だと思うが」ヴォッシュは、さらに声を上げて笑った。

3

オーロラがモニタに現れ、話をすることができた。いつもの澄ました表情だが、なかなか話を始めない。珍しい状況といえる。ヴァーチャルではないし、モニタをヴォッシュも覗いていることを知っているからだろう。

「なにか、新しいデータが見つかった?」僕の方から尋ねた。

「いいえ。調査は進んでいますが、これといって報告するような新情報はありません」

「え? ああ、そう……、じゃあ、用件は何?」

「日本の情報局も、それにドイツもそうだと思いますが、貴方の提案に対して、議論をしています」

「うん、上層部っていう部署でしょう? そう、議論くらいはしておいた方が良いね」

「少々ショックが大きすぎたといいますか、政府も巻き込んで大変な騒ぎになりつつあります。私は、すべてを聞く立場にはありませんが、グアトさんの真意を探ってこいと命じられました。どのようなお考えで、あの提案をされたのか、ということを知りたい方々がいらっしゃるのです」

「おやおや……」僕は、横で笑っているヴォッシュの顔を横目で見た。「いやぁ、真意もなにもないというのか、提案というほどの発言でもなかったし、あの、まあ、そういう手もあって、きっともう検討済みなんだろうな、と想像しただけ。それが、つい口から出てしまった。うん、無理をしてやるようなことではない。危ないことはやめておくにかぎる、と思います」

肩を摑まれた。振り返ると後ろにロジが立っていた。両肩に両手をのせて、体重をかけてきたようだ。いろいろな圧力が僕に作用しているらしい。

「ヴァーチャルのクラーラは、人工知能によって作られた人格と推定されます」オーロラが言った。「それは、認識されていますね？」

「うん、まあ、ほどほどには」僕は頷いた。

「そのような人格が、敵側の捕虜となったとき、味方を裏切るようなことがあるでしょうか？　もし機密事項を知っていても、それを公的な場で証言するとは思えません。そうなると、危険を冒《おか》してまで、そのような条件をセットする意味があるでしょうか？」

「ない、と君は演算している？」僕は尋ねた。

「私は、演算していません」

「だって、演算できるよね。条件はほぼ揃《そろ》っていて、状況は推定できる。対象の人格は、人工知能に思考回路が類似している。ばらつきは比較的小さいはずだ」

「五十パーセントよりは大きいものと思われます」

「何が？　証言が得られて、証拠として認められる確率？」

「はい。国際裁判になった場合に、連合国側が有利になる確率でもあります」

「うん、それは、だいたい僕の思ったとおりだね。で、何が問題なの？　クラーラは五十パーセント以上の確率で真実を証言すると演算したのに、何故、裏切るようなことがあるでしょうか、なんてきき方になるの？　どうもよくわからないのだけれど」

「五十パーセントでは、危険だと認識しているからです」

「ああ、なるほど……。裁判に勝てばそれで良い、というわけにはいかないのか」

「それもあります」オーロラは、人間のように一呼吸置いた。「違法な手段によって証拠を得たことを反証される確率が高く、そうなると証拠自体の信頼性が問われることになります」

「なるほど、こちらが捏造したものだと訴えられるわけか」

「たとえ、それが回避できて、しかも証言も得られ、国際裁判で明らかな勝利を得ても、センタメリカは、内政干渉だと訴えるはずです。裁判結果に従う条約も未締結です。世界からの視線が冷たくなるというだけで、実情を変えることにはつながりません」

「うん、それはそうかもしれない」僕は頷いた。「最終的に、どんな状況を目指すかによるね」

「さらに、なんらかの報復措置を相手は取るものと考えられます。少なくとも、こちらが実施した物理的な強奪に相当するような行為を企てる可能性が高いと演算されます」

「仕返しってことだね。うーん、どこが狙われる？　情報局のサーバに攻撃を仕掛けてくるかな？」

「わかりません。情報局は、ある程度の防衛能力を持っています。そうではなく、一般のサーバ、あるいは軍隊の制御システムなどが狙われる可能性が高いでしょう。特に比較的後進の組織、小さな組織が狙われます。狙いやすいものを狙うというのが、攻撃の原則です。相手は沢山の標的に向かって無数の手が打てます。一方当方は、攻撃後の対処しかできません。防衛一方になることは、初めから不利だと演算されます」

「まあ、戦争はしない方が良いに決まっているけれどね」

「それが、真意ですか？」オーロラが尋ねた。

「もちろんだよ。突撃命令を出したつもりはない。なにか皆さんが勘違いしているのだと思う」僕は主張した。「君も知っているとおり、私は平和主義者です」

「私はよく存じ上げております」オーロラは頷いた。「では、そのように報告させていただきます。ほかに、なにかおっしゃりたいことがありますか？」

「相手の国の人工知能と、直接対話をしたら、どうなのかな？」僕は言った。「それをまだしていないのでは？」

「もちろんしていません。誰がリーダなのかもわかっていませんので、そのような機会がありません。それに、誰が対話をするのでしょうか？　こちらは非常に数が多く、また、むこうも限られているとはいえ、少ない数ではありません。代表格の人工知能でも十以上の数になります」

「人間の代表は？　むこうには、人間の代表はいない？」

「はい、今のところ、指導者は公の場には姿を見せていません。暗殺を恐れての対処だと考えられます」

「ヴァーチャルでは、リーダが決まっているわけだよね？　でも、その人が実在する人間かどうかは、わからない」

「そのとおりです。ヴァーチャルでの折衝は続いています。会合も定期的に持たれています。ただ、お互いの主張は平行線といえます」

「こちら側は、何を求めているの？」

「世界政府の法令を遵守《じゅんしゅ》することが、主な条件です」

「むこうは、放っておいてほしいわけだね？」

「互いに不可侵《ふかしん》であるべきだとの主張です」

「まあまあ正当な主張だ」

「しかし、経済的な取引があり、人の出入りも現にあるわけですから、不可侵を認めることとは矛盾しています。さらに、国際法において最も問題視されているのは、人権に関するものです。センタメリカでは、個人の人権が守られていない、との報告が内部から多く発せられているからです」

「それは、捏造ではない？　証拠はある？」

「ヴァーチャルでの事象になりますから、証拠の定義は何か、という議論になります。状況的に明らかに観察されても、それは仮想のデータにすぎない、といわれる可能性があります」

「国全体が仮想のデータにすぎないのだから……。うん、そういった議論自体が既に時代遅れになっているわけか」

オーロラと別れたところで、僕の肩に体重をかけていたロジが、手を離した。

「グアトは、あまり口を出さない方がよろしいのではないでしょうか」彼女は耳元で囁いた。「専門分野ではないのですから」

「わかっている。政治家なんて、私には最も向かない仕事だからね」

「今の話は面白かったよ」隣の席からヴォッシュが言った。「ドイツの人工知能も、彼女くらい上品だったら、きっといろいろな局面でことが滑《なめ》らかに運ぶことだろう。女性が上品に見えるのは、日本の伝統かね？」

「わかりません」僕は答えたが、ヴォッシュはロジにきいたのかもしれなかった。

その後、警察から連絡が入り、クラーラ失踪事件についての進展はない、との報告だった。ヴァーチャルの本人が、死んでいたのは自分ではないと主張しているため、捜査を打ち切ることができないそうだ。ただ、力の入れ方には影響が出るだろう、と僕は思った。

また、ケン・ヨウ氏の足取りについては、カナダを経由して、中米に陸路で向かっているとの情報があるらしい。確認を急ぐ、とだけ報告された。

4

ラウンジで夕食となった。僕とロジ、それにヴォッシュとペィシェンスの四人だ。もっとも、ペィシェンスは食事はしない。彼女は前世紀に生まれたウォーカロンである。大部分がメカニカルなので、エネルギィ補給は充電だけだ。ある意味、羨ましいボディといえるだろう。

ミュラが一緒に食事をする予定だったが、会議が長引いていて遅れる、との連絡があった。もしかして、僕の無謀な提案によって会議が紛糾《ふんきゅう》しているのだろうか。そうだとしたら、少し責任を感じる。

食事も終わって、コーヒーを飲んでいるとき、下のフロアからか、大きな音が聞こえた。人が叫ぶ声が同時に複数上がり、数秒遅れて破裂音が鳴り響いた。

僕は立ち上がろうとしたが、隣のロジが抱きついてきて、横に押し倒され、床の上に横たわる姿勢になった。

天井から、なにかが落ちてくる。

誰かが天井に向かって発砲したのだろうか。

見ると、ヴォッシュの前にペィシェンスが立ち、その体勢のまま、二人は頭を下げて壁際へ移動していく。ロジは、頭を上げて、同じく壁の方へ行くように片手で指示した。僕は急いで、ヴォッシュたちの方へ走った。

ロジは階段まで行き、下へ向けて銃を構えた。彼女がいつ銃を手にしたのか、僕は見ていなかった。

騒ぎは既に静まり、物音が聞こえない。下のフロアに大勢がいるはずだが、誰もが黙っている。

「何だ?」ヴォッシュが小声で囁いた。

ペィシェンスが、口に指を当て、主人に静かにするように要求した。

ロジは動かない。斜め下へ銃口を向けたままだった。

階段を上がってくる足音。

ロジは、銃をそちらへ向けたまま後ろへ下がった。

階段に現れたのは、若い男性のようだった。ごく普通の体格で、ガードマンのような制服を着ている。銃らしきものを片手に持っているが、両腕は不自然に垂れ下がり、銃も床に向けられていた。歩き方や姿勢が、まるで人形のようだった。

「止まりなさい。止まらないと、撃ちます」ロジが叫んだ。

そのとき、ロジは突然後方へジャンプした。自分で飛んだのではない、なにか見えないものに弾《はじ》き飛《と》ばされたように見えた。彼女は背中から落ち、床を滑《すべ》って、僕たちの近くに来た。一瞬だけ、僕と目が合った。

「トランスファです」ロジが言った。彼女は、持っている銃を投げ出した。

ロジの銃は、独楽《こま》のように回転しながら床を滑っていく。セルフ・フォーカスの自動銃だったようだ。オートマティック機能を持つ機器は、トランスファにコントロールされる危険がある。

男性は、階段を上りきったところで立ち止まり、左右に首を動かす。動きが機械的だった。

その目は、ヴォッシュを見て、そして僕を見た。どうやら、目標は僕たちのようだ。

ロジが、僕を隠すように、こちらを向いて抱きつく。

ヴォッシュの前で、ペィシェンスが両腕を広げて立っている。

男は、こちらへゆっくりと近づいた。

その制服は、情報局のガードマンである。

ロボットか、それともウォーカロンか。

トランスファに侵入され、操られる危険性は、既に広く知られている。したがって、安全に関わる機器には、トランスファ避《よ》けの対策が施されているはずだ。情報局のスタッフならばなおさら徹底されていたはず。ロジが使おうとした武器だって、対トランスファ処理が行われていただろう。

おそらく、この種の防御を無効にする新たな侵入方法が編み出されたのだ。生物が進化するように、トランスファも自らのプログラムを変更する。すなわち、彼らは生物なのである。

高い知能がある分、その新しい侵入方法をむやみには使わない。大事なところで切り札として持ち出す。今がそのときだったということか。

この施設には、電子制御に無縁の武器は存在しないだろう。ガードマンは全員が停止し、武器はすべて無力となった。もはや彼を止められるものはない。

「ロジ、離れなさい」僕は彼女に言った。「一緒に死ぬことはない」

しかし、彼女は動かない。

ますます、力が強くなった。離れないつもりだ。

彼女だけでも助かれば……。

なんとか、ならないものか。

一瞬に近い短い時間で、僕は考えた。

そうだ、棍棒《こんぼう》やナイフのような原始的な武器なら、立ち向かえるかもしれない。

周囲を見回したが、そんなものがここにあろうはずがない。

近づいてきた。もう三メートルほどだ。

ロジは、なにかを狙っている。彼女の筋肉の変化でそれがわかった。

飛び出していくつもりだ。最後の賭けに出るつもりだ。

僕は、彼女の背中に腕を回した。

「駄目です」首を振動させ、ロジが囁いた。

「いいから」僕は言う。

銃がこちらに向けられる。僕がさきのようだ。ヴォッシュよりさきなのは、どうしてだろうか。こちらの方が、逃げる可能性がある、と演算した。その確率の問題か。

目を瞑った。

ロジを抱き締めて死のう。

僕は、力を振り絞って、ロジを横へ引き寄せた。

ロジは抵抗したが、もう彼の銃の目の前に、僕はいる。

ロジは弾丸を受けずにすむはずだ。

「駄目ぇ！」ロジが叫ぶ。

銃声が鳴った。

躰が震え、筋肉が緊張する。
呼吸は止まっていた。
目は閉じられていたけれど、僕は、見ようと思った。
なにかが目の前に落ちる。
床に、銃があった。
銃を握っている男の手もあった。
男は立ったまま動かない。
何があった?
彼は、自分の状況がわからない。演算でハングアップしているのか。
銃を持っていたはずの腕は、手首から先がない。
赤い血液が吹き出す。
ロボットではなかった。ウォーカロンだったのだ。
僕の力が緩んだ隙に、ロジが突っ込んだ。
彼女は、男の首に腕をかけ、後方へ投げ飛ばす。
男は仰向けに床に倒れ、動かなくなった。
周囲に血が飛び散っている。
少し離れたところに、髪の長い男性が立っていた。黒いスーツだった。こちらをちらりと見て、軽く頭を下げる。

知った顔だ。デミアンである。ドイツ情報局の戦闘型ウォーカロンだ。

ロジが立ち上がり、大きく息をついた。

僕も、呼吸を戻した。

「君は、影響を受けなかったんだ」僕はデミアンにきいた。「どうして?」

「わかりません」デミアンは答える。「私のタイプが古いためではないでしょうか。私以外のガードは全員、機能停止になりました」

「バージョンの高いチップにだけ侵入できた、ということ?」

あるいは、対トランスファ・パッチのバグを突いたものなのか。

デミアンは、片手に日本刀を持っていた。彼はそれを鞘《さや》に納めた。彼が、銃を握った腕を斬《き》ったのだ。日本刀には電子部品は含まれていない。

「その刀があれば、抵抗できた」ロジが言った。彼女はまだ緊張した表情のままだった。

「どうしてこんなことに? 警備に穴があったということでしょう?」

「そのとおりです。申し訳ありません」デミアンは頭を下げる。

彼が言うことは、ミュラの言葉と解釈できる。情報局の人工知能も、早急に対処のプログラムを発しているはずだ、同じことを繰り返させないために。

ようやく、僕は立ち上がった。ヴォッシュのところへ行く。彼はペィシェンスに起こされ立っていたが、まだ横に彼女が付き添っていた。

「驚いたな。ここまでするとは」ヴォッシュは僕に言った。「それほど、君を恐れているということか」

「私だけではないはずです。博士も狙われていた」

「いや、君だよ。人工知能が評価している。すぐにも次の攻撃があるのでは？」

「ここにいるのは危険かもしれません」ロジが近づいてきて言った。彼女は、飛ばされた自分の銃を拾って持っていた。「トランスファの侵入を防げなかったのが一番の問題です」

「そのとおりです」ペィシェンスが言った。

彼女が発言したことに、全員が驚いただろう。僕もびっくりした。

「パティ？　どうした？　何を言っているんだね？」ヴォッシュが振り返って尋ねた。

5

「私はペィシェンスではありません」ペィシェンスが言った。彼女は、僕を見つめていた。「私の名前をおっしゃらないで下さい」

「あ、君は……」僕はすぐに気づいた。「同じ方法で、ここへ侵入したんだね」

「はい、私は、ここにいる皆さんの敵ではありません。その警備員を操っていたトランスファは、既にここから立ち去りました。私は妨害を試みましたが、動きを遅くすることしかできませんでした。申し訳ありません」

「そういえば、旧型のロボットのように動作が遅かった」僕は言った。デミアンの一刀が間に合ったのも、そのためだろう。

「既に、ここの防衛システムには、応急のパッチを当てました。同じ方法では侵入ができません。私をここに置いていただければ、全面的に協力いたします」

僕は、デミアンに近づき、彼に小声で伝えた。

「このトランスファは、日本の情報局に協力した経験の持ち主で、信頼がおけます。あの、ミュラさんにそうお伝え下さい」

デミアンは、軽く頷き、ヴォッシュとロジに一礼して、階段を下りていった。

「応援を要請します」ロジが僕に言った。ほかの人たちにも聞こえる声だった。ドイツの情報局の応援ではないだろう。当て付けに言ったとしか思えない。暴力行為があったからか、気が立っているようである。

「ペィシェンスを使うのは良くないから、なにかほかの出力方法を考えて」僕は彼女、つまりデボラに言った。

「わかりました。ではメガネをおかけ下さい」ペィシェンスは僕にそう言ったあと、急に首をふった。トランスファの制御から抜け出したようだ。周囲を見回し、ヴォッシュを見つめ、片手を伸ばした。

「大丈夫」ヴォッシュがその手を受け止めている。

僕はメガネをかけた。仕事ではかけているが、食事中だったので外して、テーブルの上にあった。

「グアトさんとお呼びすればよろしいですか？」彼女の声が聞こえた。彼女本来の声である。ペィシェンスが話しているときとは違っていた。

「さんはいらない」僕は発声せずに口だけ動かした。

「ロジさんとグアトには、私の声が聞こえます。今回の侵入方法は、一部のチップのバグを突いたもので、試みられたのは初めてです。とっておきの方法だったといえます」

「ほかにもとっておきがあるかもしれない」僕は言う。

「明らかになっているバグは、ほかにないため、安全である確率は八十パーセント以上と演算されます」

ヴォッシュの要望で、ペィシェンスが新しいコーヒーを淹れてくれることになった。銃と片手はスタッフが持ち去った。床はロボットが掃除をしていった。手摺り越しに下のフロアを見ると、既に後片づけは終わり、何事もなかったかのように業務を再開した様子だった。

ロジもようやく落ち着いたらしく、笑顔が戻った。銃のバージョンアップをする方法を調べている。

コーヒーは、一際美味《ひときわうま》かった。

名前を口にしてはいけないトランスファは、かつてデボラと呼ばれていたから、つい、その名前を発音してしまいそうになる。だから、今はその固有名詞を忘れよう、と思う。

先日、久しぶりに再会したとき、彼女はもう昔のままではないと感じた。彼女の方も、僕に近づくことを避けているように思えた。難しい立場なのだろう、きっと。でも、今は助けにきてくれたのだ。そのことは、素直にとても嬉しい。コーヒーも美味くなるはずだ。

「君と一緒だと、いつもスリルが味わえる」ヴォッシュが笑いながら言った。「いや、嫌味ではない。喜んでいるとも言えないが、しかし、君の責任ではないし、私は、まったく気にしていない。もう長く生きてきた。いつでも覚悟はできているからね」

「命を奪うことで問題が解決する、と考えることが異様ですね」僕は話した。「永遠に死なない理想郷に住む人たちが、そんな発想をすることが不思議でなりません」

「急に天使にはなれない、ということではないかね」

「いいえ、天使になる必要はありません。人間のままでけっこう。人間って、そんなに浅はかなものではない、と私は思っています」

「私は、浅はかなものだと思っているよ。君は、まだ若い」

「ヴォッシュ博士にもメガネをかけていただくようにお願いして下さい」彼女が言った。

「博士、彼女が話をしたがっています。メガネをかけて下さい」

ヴォッシュのメガネは、ゴーグルのようなタイプだった。ペィシェンスが持っていたので、彼は彼女から受け取って、それを装着した。

「ありがとうございます。ヴォッシュ博士」ここにいる四人に、彼女の声が聞こえているはずだ。

「君の名前は？」ヴォッシュが尋ねた。

「名前はありませんが、不便でしたら、クラリスとお呼び下さい」

「わかった、クラリス。さきほどは助けてくれてありがとう」ヴォッシュは言った。

「グアトが提案したサーバごとクラーラを人質に取る作戦は、今情報局が真剣に計画している段階です。まもなくミュラが、こちらにそれを知らせにくるでしょう」

「え、本当に？」僕はびっくりした。「そんなことをしたら戦争だって言っていなかったっけ？」

「さきほどの騒動でご理解いただけたと思いますが、既に戦争状態といっても過言ではありません」

「そんなに拗《こじ》れているのかね」ヴォッシュが舌打ちする。

「日本の情報局に応援を要請したところ……」ロジが話した。「既にこちらへ向かっていると知らせてきました。もう動き出しているようです」

「ドイツ情報局のトランスファは、日本のものよりも多少能力が低く、私が補強のプログラムを提供しました。容量的には充分ですので、電子戦で劣勢になる確率は低いと演算されます。問題は、リアルでの攻撃に対する防御です。相手はどこを攻めてくるのか予測ができません。こちらは、全力でその前兆を探ってはいますが、判明するのは攻撃の直前になります。相手の戦力はこちらの二十三分の一に過ぎませんが、先制攻撃する側は、それでも有利といえます」

「世界中が影響を受ける。どれくらいの規模になるのかな?」僕はきいた。

「予想には幅がありますが、少なくとも二十四時間は、九十パーセント以上のネット環境がダウンすることになります。約四千のポイントで通信が遮断されます。封鎖することで被害を局所に留《とど》めることができます」

「ミサイルとかが飛んでくる?」

「可能性はありますが、発射と同時に迎撃《げいげき》されます。幸い、かの国は衛星兵器を持ちません。これらは通信を遮断することで防衛し、利用されないように対処します」

「今は、どんな段階? 具体的な攻撃はいつ頃?」

「現在は、スーパ・コンピュータがシミュレーションを展開しているところです。双方が、演算戦を行います。予測し、それに対処する方法を検討すれば、また予測が変わります。お互いに、通信の一部を傍受《ぼうじゅ》できますので、小さな対処が、シミュレーションの条件を変えます。特に、対象回線の信号量の増減を監視します。相手の姿勢がそれで察知できます」

「クラーラの人格を形成するサーバ七基は、既に軍隊が固めているのかね?」ヴォッシュが尋ねた。

「五基はアフリカに、二基はオセアニアにあります。いずれも、こちらの軍隊が包囲しています。相手が破壊工作に出る可能性があるためです」

「では、既にこちらの人質になっているようなものでは?」僕は尋ねた。

「いいえ、それほど単純ではありません。相手は、回線を通じて、サーバ内のデータの転送を試みるはずです。こちらは、それがどこへ行くかを見守ります」

「どこへって、センタメリカへ行くのでは?」僕はきいた。

「そんなことをすれば、自分たちの不正を証明するようなものだ」ヴォッシュが言った。「そうではなく、もっと自分たちの自由になる場所へ分散させるだろう。そのコピィを繰り返し、バラバラに分散させて、逃れるつもりだ」

「まだ、それをしていない?」僕はきいた。「えっと、クラリス」

「していません」クラリスは即答した。「どう出てくるか、各種のパターンが想定できます。クラーラを見切って、こちらへ渡す可能性もあります」

「そう、彼女が裏切らないと信じてね」僕は言った。「むこうにとっては、それが一番簡単で、逆にこちらは困ることになる」

「だったら、その手で来るだろう。人工知能の判断で」ヴォッシュが言った。

「そうともいえません。さきほどの侵入騒ぎで、その流れになる確率は低下修正されました。つまり、相手は、不正の根幹について、まだ先生方が気づいていない、との予測に修正した可能性があります」

「何だって?」ヴォッシュが言った。「見くびられたものだな」

「ああ、そういうことなのか」僕は、大きく息を吐いた。

「えっと、何なんですか?　その不正の根幹というのは」ロジが首を傾げた。

「証拠はないけれど、状況から推察できる」僕は彼女に話すことにした。「簡単にいえば、人間を捏造すること。つまり、リアルには存在しない個人の人格を、ヴァーチャルにおいて創造してしまう。なにか基礎となるようなデータ、あるいは思考回路があって、それを参考にしたり、組み合わせたり、適当に強弱をつけて混合したりして、人を作り出してしまうんだ。人工知能には、それだけの演算能力がある。普通は、そんな行為はなにも生み出さない、非生産的で、しかも多大な計算容量が必要だし、その人格を維持することにもエネルギィを消費する。リアルで生きる人間ほどではないにしても、無駄が多い。ただ、人間としてカウントされる、という価値がある」

「民主的な投票を行うような場合ですか?」ロジが眉を顰めた。「え? では、そんなに大勢が作られていると?」

「わからない。大勢を作るために、最適化された手法が開発されているのかもしれない。全部を緻密に作っていたら、今の技術では元が取れないような気がする。でも、ディテールを作るのはほんの一部にしておいて、大多数は、声を揃える一般大衆、ようするに烏合《うごう》の衆として、演算の負担増を回避しているのではないかな」

「センタメリカの政変は、捏造された大衆による投票が原因なのですね?」

「うん、まあ、そういうことかな」僕は頷いた。「しかし、そんな価値があるだろうか。人の数を捏造したところで、いったい何が手に入るのかな。それは権力といえるのだろうか? そこが今ひとつわからない。誰がそれを首謀したのか、何を目指そうとしたのかも、理解が追いつかない。とても興味があるけれどね」

6

遠くへ連れてこられ、沢山のデータを見て、銃を向けられ、なんとか命拾いした一日が終わり、同じ施設の別のフロアにある宿泊用の部屋に案内された。ロジと同室で、隣がヴォッシュたちの部屋だった。疲れていることは確かだが、眠くなかった。日頃は、決まった時間になると、目が開けていられなくなるほどだが、やはり緊張すると、躰がそれに対応してモードを変えるようだ。

「あの、申し訳ありませんでした」ロジが、僕の前に立って頭を下げた。

「何？　どうしたの？」僕は尋ねた。

「銃を過信していました。グアトを守れなかったことが情けないかぎりです。二度とこのようなことがないように、謙虚になって、対策を考えます」

「何を言っているんだ」僕は呆れてしまった。「君は、もう私の護衛の任務を外れているんだよ。いや、今のは違うな……、うーん、えっと、とにかく、一人で責任を背負い込まないこと。それから、自分の身をもっと、その、第一に守ること」僕はそこで小さく溜息をついた。「ああ……、駄目だ。言葉にすると、みんな嘘くさいな。説教がしたいわけじゃないんだよ。しゃべらせないでほしい」

「いいえ」ロジは首をふった。「説教が必要です、私には」

「今まで、死なずに、こうして生きてこられたのは、君のおかげだ」僕は言った。「それだけ。じゃあ、おやすみ」僕は顔を隠すために毛布を被った。少し遅れて、ドアの音が聞こえ、ロジはバスルームに引っ込んだみたいだった。

彼女にはああ言ったものの、僕は自分を責めている。自分を責めがちな性格は、僕たち二人に共通するものといえるだろう。

僕には、ロジを守る力がない。そちらの方が問題ではないか。なにか、武器を持っていた方が良いだろうか、そういう訓練を受けた方が良いだろうか、と考えた。こういうことを考えると、眠れなくなるのだ。以前に、何度も不眠に悩まされたことがあった。

「ロジさんが泣いていますよ」と囁く声がした。

僕は、まだメガネをかけていた。

「バスルームで?」

「はい」クラリスの声が答えた。「この場合、彼女を励ましにいかれる方が良いと演算されますが、いかがでしょうか?」

「いや、だって、きっと鍵をかけているよ」

「はい、施錠されています」

「だったら、入れないじゃないか」

「外から声をかけるという意味です。突然バスルームに入るのではありません」

「うーん、それは、何? どういう根拠でそう演算したの? 統計的なもの?」

「はい。多くの例がその傾向を示しています」

「ロジは、そういう平均的な人じゃないんだ。当てはまらないね。だいたい、人に涙を見せることが滅多にない。見せたくないんだよ。彼女のプライドを尊重した方が良いと思う」

「それは、グアトのプライドではないでしょうか。ご自分のプライドを尊重しているように見受けられます」

「うーん、そう言われてみると、そうかもしれないな。うん、一理ある。まあ、でも、もうタイミングを逸《いっ》したと思われる。僕らしくないことをしても、彼女は驚くだけだ。効果はないよ。それに、期待されてもいない」

「期待されていると観察できますが」

「そうかな、それは、思い過ごしだよ」

「観察は客観的なものです。思い過ごすような要素はありません」

「わかった。とにかく、放っておいてくれないかな。今は、もっと考えるべき大事なことがあると思う」

「大事なことを後回しにして、無関係なことを考えるのは、グアトの傾向の一つです」

「君は、ずいぶんおしゃべりになったね」

「時と場合によります。経験を積んだことも影響しています」

「あそう……」僕は溜息をついた。「クラーラの人格を形成しているサーバは、七基だそうだけれど、どれか一つが止まっても、彼女に影響が出る?」

「いいえ。それは、我々トランスファと同じで、完全に分散処理されているためです。どこがダウンしても、活動は持続します。パフォーマンスがやや落ちる程度だと推定されます」

「サーバを一つずつ止めると、だんだん馬鹿になっていくわけかな？　それとも、できることが全部はできなくなる？　知識の一部が失われる？」

「そのいずれもが、等しく可能性があります。人間の脳が損傷を受けた場合と同じです。リアルでは、部分的な不随が生じますが、ヴァーチャルでは、これは目立ちません。運動を司《つかさど》る外部の演算回路を使っているからです」

「なるほど……。このサーバを止めれば、良心が失われるとか、性格が変わるとか、なんてこともある？」

「あります。可能性は高いと思われます」

「リアルの場合も、そういう症例があるみたい。それと同じなんだね」僕は頷いた。「では、こんな作戦はどうだろう？　まず一つのサーバを物理的に切り離して、そのデータを解析する。そして、新しいサーバに補足させる。しばらく待てば、新しいサーバの反応が適合化するはず。性格が少し変わるかもしれない。記憶も入れ替わるかもしれない」

「それで、どうなるのでしょうか？　目的が理解できません」

「まあ、いうなれば、脳外科手術を施すようなものかな。そうやって、一つを入れ替え、少し時間が経過してから、二つめを入れ替える。こうすれば、相手は、クラーラが人質になったとは認識しないかもしれない。なにしろ、ヴァーチャルでしか世界を見ていない。

リアルのことには興味が向かないシステムなんだから」

「主なメリットはどこにあるのでしょうか?」

「わからない? うーん、わからないかなぁ」

「わかりません。私もリアルにはおりません。ヴァーチャルのものは、その想像ができません」

「それは、謙遜《けんそん》だよね」僕は少し微笑んだ。「私を喜ばせようとしている」

「ご明察です」

「余計なことで気遣《きづか》いしないで」

「了解」

「つまりね、こちらは証拠としてクラーラの証言がほしい。相手は、クラーラを奪われること、その概念的な損失を恐れている。今のハード入替え作戦なら、相手は損失を感知しないのでは? こちらは、国際裁判に提出する証拠を固めることができるし、不当な手段で証拠を得たと相手が主張するときの根拠が不鮮明になる」

「サーバごとの入替えは変化が大き過ぎます。もっと細かく、基板ごとの入替えを行う方が効果があると考えられます」

「そうだね、それは名案だ。どうして、今まで提案しなかったの?」

「今思いつきました。いいえ、グアトの案を修正したにすぎません」

「謙虚だね、君は」僕は笑えてきた。「この作戦はありなんじゃない?」

「グアトの提案に従うことは、ドイツ情報局の面子《メンツ》に関わりますので、まずは、内々にミュラに打診するか、あるいは、ロジさんを通じて、日本の情報局に働きかける方が得策かと」

「そうかそうか……、そうだよね。そこまでは、頭が回らなかった。ありがとう」

「貴方は謙虚です」

これには吹き出した。クラリスのユーモアは、最高だ。

そのとき、突然躰が重くなり、息が苦しくなった。夢を見ているときの金縛りか、と思えたが、まだ眠っていない。

誰かが、毛布の上に乗っているのだ。

「何笑っているの?」ロジの声がした。毛布を引っ張り上げ、ロジの顔がすぐ近くに迫っていた。「くすくす笑っていた。あ、メガネをしていますね。そうか、あのトランスファと話していたんだ」

「うん、正解」僕は答える。

「酷《ひど》い」ロジは、口を結んだ。

「え、何が酷いの?」僕はきいた。

「もう! やってられない」ロジはベッドから飛《と》び退《の》き、隣のベッドのシーツの中に滑り込んだ。「おやすみなさい！」

何をやっていられないのだろう、と僕は考えた。彼女の気持ちをトレースしようとしたものの、さっぱりわからない。何をどう考えれば良いのか？

「怒っています」クラリスが囁いた。

「わかっているよ」僕は言った。

シーツの中からロジが顔を出した。「何がわかっているの？」

「あ、いや……、その……」

7

翌朝、ミュラとラウンジで会った。軽い朝食のあとコーヒーを頭に浸透させていたときだった。僕とロジがいたテーブルに近づき、一礼したあと、椅子に腰を下ろした。

「クラリスから、新しい提案がありました。既に詳細を検討中ですが、先生が発案されたというのは、本当でしょうか？」ミュラは挨拶《あいさつ》もせず、いきなり本題を話した。「いえ、私は疑っておりませんが、敵の罠《わな》ではないのか、という上層部の声が多いためです。確認をしようと思って参りました」

「私が言い出したことです。クラリスは驚いていました。そういった作戦は、思いつかなかったと。つまり、人工知能が予測しにくい、最適ではない方法だということです。しかし、意外と思われるところを突かないといけませんから」

「一つの方法です。現在検討していますが、もし実行するなら、早い方が良いと考えます」

「そうでしょうね。同時に、これまで考えてきた別の方法も試した方が良いでしょう。そちらを囮《おとり》にするわけです。持って回った方法が、相手には予測ができません。相手が人工知能だったら、ですが」

「わかりました。三十分後には決断します」ミュラは立ち上がった。

「あ、昨日は、どうも……」僕は彼女に言った。ミュラがこちらを振り返った。「助けてもらって」

デミアンの行為に対する感謝を伝えたのだが、ミュラは無関心で、視線を逸らし、そのまま立ち去った。

「どんな作戦なんですか？」ロジが尋ねた。「教えてくれなくても、良いですけど」

教えることにした。彼女には、日本の情報部には既にオーロラを通じて伝えてある、と話した。しかし、ドイツ情報局が主導する方が、成功確率が高いだろうとの分析が既に出ている。

「なんか、あまりよく理解できません。分割すると良いとか、基板単位の方が良いとか、違いも理解できません。もうこうなったら、全部人工知能に任せて、どこかのヴァーチャルだけで、ゲームみたいに戦ってもらった方が良くないですか？」ロジが口を尖らせた。

「今さら、人間の出る幕でもない、みたいな感じです」

「そのとおり。その解決策は、なかなか良いね」僕は評価した。「その、ゲームで決着をつけるやつ」

「冗談で言ったのですけれど」

「いずれは、そうなるよ、将来的にはね。ただ、ゲームだと思うのは人間で、彼らにとってはゲームじゃない。真剣な戦いになる。もっとも、これまでの戦争だって、当事者だけが真剣だった。周囲の大勢は、ゲームに巻き込まれて、自分たちの運命が左右されるのを嘆いていたはずだ」

「もう私たちがすることは、なくなっているような気がします」

「うん、具体的にはそうだね。作戦も、戦い方のシミュレーションも、そこから構築される戦法のプログラムも、人工知能が全部処理してくれる。ただ、クラーラさんから頼まれたのは、私たちなんだから、そこは筋を通さないと」

「どういうことですか？」

「彼女が納得するようにしたいと思うだけ」僕は言った。

「でも、彼女は、単なるコンピュータのプログラムなのでは？」ロジが言う。

「それは、偏見というもの。人間だって、単なるプログラムだよ。生命というのは、そういうものなんだから」

「彼女は、自身の出生について自覚があったのでしょうか?」

「たぶん、ないと思う。そういうふうにプログラムされている。自分は人間だという意識が、人間よりも多少強く設定されているはずだ」

「だから、ウォーカロンだといわれて、あれほど確信をもって抵抗したのですね」ロジは溜息をついた。「彼女の自意識を満足させるために、リアルにウォーカロンの乗り物を用意したのでしょうか?」

「そこは、わからない。彼女が特別だったのかな。そんな金のかかるサポートを全員にできるはずがない」

「しかも、不正が暴かれるきっかけにもなってしまったわけですから」

「うん、つまり、悪事をやめさせよう、不正の証拠をリークしようという勢力が内部に存在するんだ。それは、もしかしたら、人間ではないかもしれない。人工知能の良心なんじゃないかな」

「良心ですか……、それがあるなら、最初から不正なんかしなければ……」

「そうだね」僕は頷いた。「君は正しい」

「馬鹿にしていませんか?」ロジが前のめりになって睨みつけた。

「違う」僕は片手を広げる。「あのさ、今は、揉《も》めている場合ではないと思う。落ち着いて、全部終わってから、ゆっくりと話し合おう」

「私は落ち着いています」

小柄《こがら》な少女が近づいてきた。飲みものを運んでくるロボットかと思ったが、僕たち二人の近くで立ち止まった。

「あ、セリン」ロジが彼女を見た。「早かったね」

僕は、セリンだと気づかなかったので、もう一度じっくりと少女を見た。以前と風貌《ふうぼう》が変わっている。もっと少年っぽい感じだったが、今は髪が長くガーリッシュだった。もっとも、常に容姿を変えるのは、情報局員の仕事柄といえる。ロジだって、以前はそうだったのだ。今とは全然違っていた。セリンは、かつてはロジの部下だった。

「懐かしく思います」クラリスが呟いた。ロジは反応しなかったので、僕だけに囁いたようだ。

セリンは、トランスファというものが初めて現れたときに、その媒体となったウォーカロンだったのだ。クラリスが、そのトランスファだったわけだから、二人は最初は一心同体だったことになる。そうして見ると、セリンは立派になったな、と僕は思った。

セリンは、ロジに日本からのメッセージを転送した。ロジは、小さく頷きながら、それを受けていた。

「それで、一人なの？」ロジが口をきいた。

「はい」セリンが頷く。

「ペネラピは？」ロジが尋ねたのは、セリンより強力な戦闘員の名前である。

「彼は、ニュージーランドです」セリンが答えたが、すぐに口に片手を当てた。「いけない。今のはオフレコで」

「はい、気をつけて」ロジは周辺を見回してから、僕を見た。

「つまり、サーバのある現地へ派遣されているわけだね」僕は言った。見え見えである。

「既に作戦を実行しているということか」

「配置について、ゴーサインを待っているところでしょう、きっと」ロジが言う。

「ゴーサインは、既に出ている可能性が七十五パーセント」クラリスが言った。

ロジもセリンも、この声に反応した。

「え、誰ですか？」セリンが囁いた。

「クラリスっていうらしい」ロジが教えている。内緒にするつもりのようだった。

「銃のバージョンアップも、アプリを持参しました」セリンがそう言うと、ロジは脚のホルダから銃を引き抜いた。

8

いつどこで作戦が実行されているのか、それは僕たちには知らされなかった。しかし、既に一部のサーバの基板を交換する作業に入った、とミュラが伝えてきた。そうして、センタメリカの反応を探るつもりなのだろう。少しずつ侵略するイメージに近いが、当然ながら、これを「防衛」と表現するだろう。

それ以外にも、膨大なメモリィと信号の分析が進められている。コンピュータの活動に消費されたエネルギィと、通信量から割り出されるエネルギィの差が、演算量になる。これを過去に遡《さかのぼ》って比較することで、ヴァーチャルにのみ存在する国民のおおよその数が推定できるらしい。ただ、それは、人間並みに思考する人格のみであり、烏合の衆は、もっと少ない演算量で作り出すことができるはずだ。こうした外枠からの観察によって、しだいに実態が鮮明に見えてくるだろう。

その一方で、世界政府は、このヴァーチャル国独立の問題について議論を重ねていた。最初は、センタメリカを容認する方向だったものが、この一週間ほどで情勢が変化した。不正が疑われ始めた時期と一致している。この国際的な世論の変化が、逆にセンタメリカを追い込むことになり、危機的な状況が訪れるのではないか、との懸念が広がった。経済界はその影響を強く受け、さきゆき不安による経済規模の縮小が顕著となりつつある。ウォーカロン・メーカも株価が下がっている。どうしてそういった反応になったのだろう。僕には全然わからない。この方面は不得意だ。疑惑のケン・ヨウ氏のことが公になったわけでもなく、テロや戦争の兆候には、武器あるいは医療関連株が上昇反応するのが普通である。ウォーカロン・メーカは、今は新細胞と新治療で話題になっている最中であるが、これ以上資金を集められない限界に近づいているから、ちょっとしたことでも下がる傾向にあるらしい、とはクラリスからの解説である。

この日は、その後は穏やかに時間が経過した。僕とヴォッシュはずっとモニタを睨んで、データの解析を行った。小さな傾向だが、不釣り合いな比重でエネルギィ消費があったり、信号量が局所的に固まる時間や地域があることがわかり、そのポイントを追跡調査するように指示を出した。これには、情報局員やトランスファが情報収集に当たり、短時間で結果のレポートが返ってくる。九十パーセントは、複数の波が偶発的に重なった結果だったが、十パーセントは説明がつかず、さらに細かく分析を行う対象に選ばれた。

「入力ミスなのか、単位ミスなのか、ときどきとんでもない数字がありますね」休憩時間に、僕はヴォッシュに言った。「何度か見つけたから、ちょっと処理をしてみたら、どれも約六十七万倍も違っているんです」

「半端《はんぱ》な数だね」ヴォッシュが言った。「六十七万？　聞いたことがない数字だ。そのミスは、どれくらいあるんだね？」

「うーん、そうですね、ざっと数万箇所」

「え、そんなに沢山？」

「そうなんです。計算したら、どれもだいたい同じ比率ですね」

「大きい方へ外れている？」

「いいえ、小さい方へ。だから、これまでフィルタにかからず、問題にならなかったのでしょう。誤差として無視されているようです」

この種の会話が何度かあった。

気づいたことをピックアップし、計算させて顕著な傾向がないか、と調べる地道な作業の繰返しである。

その日の夜には、やはりセンタメリカで不正があったことは事実であり、細かいデータのずれがすべて、その不正がなければ生じないものだと判断できた。集められた情報証拠を、どのように活《い》かしていくのかを、世界政府の委員会が議題として取り上げることも決定した。

「人間の独裁者は、これくらいの劣勢では怯《ひる》まないだろうね」ヴォッシュは言った。「彼らを自滅に追い込むには、もっと決定的な打撃が必要だった。暴力以外では、独裁者を葬ることはできなかったんだ。それが人類の歴史。しかし、今我々が相手にしているのは人間ではない。人工知能は、人間よりは理性的だろう。どこかで譲歩してくる可能性はある。ただ、こちら側の人工知能も、このような事態を経験したことがない。人類の歴史を知っていても、人工知能の歴史はまだ浅い。人工知能の独裁者も、まだ存在していない。いったい、どう裁くのか。どんな落としどころがあるのか。とにかく、これからの展開が、見ものだよ」

彼は、興奮しているようだった。スーパ・コンピュータの治世を、ヴォッシュは研究対象としている。数少ない実例としての興味もあるのだろう。なによりも、前代未聞の事象であり、既往の研究というものが存在しない分野なのである。

夕食後も少し作業を進め、夜の間に行わせる演算のプログラムも作った。シャワーを浴びて、ベッドで横になっていたら、クラリスに呼び出された。ロジは、隣のベッドで寝ていたようだが、彼女にも声が届いたらしく、起き上がった。

「クラーラ・オーベルマイヤからメッセージが届きました。グアトさんと二人だけで話がしたい、とのことです」

急いで通路に出た。ロジも一緒だった。端末は分析作業をしていた部屋のものを使うつもりでいた。しかし、通路を曲がったところで、スタッフ三人に出会った。一人はミュラだった。

「こちらへ」ミュラがエレベータのドアを指差した。「別の端末を使って下さい」

「盗聴しようというわけですか?」僕はきいた。

「いえ、そうではありません。ルールは守ります。ただ、信号の逆探知を試みたいからです。受信するだけなので、相手には気づかれません。ルータの信号を記録し、先生が戻られたあと、逆追跡を試みます」

三つフロアを上がった。通路を進み、研究室か実験室のような機械だらけの部屋に案内された。片隅《かたすみ》に棺桶が二つあった。その端末を使え、ということのようだ。

「私も一緒に行かせて下さい」ロジがミュラに言った。

「それは、駄目だよ」僕が答えた。「一人で行く。クラーラの言うとおりにしたい」

ロジは、僕を見つめて黙った。

さっそく、棺桶の一つに僕は入る。ゴーグルなどを装着し、ハッチが閉まった。

ログインすると、白い煙の中にいた。霧か、それとも雲だろうか。

真っ白な世界で、地面も見えなかった。自分が浮いているように感じる。手を伸ばし、周囲を確かめたが、なにかに触れる手応えもなかった。

一方向だけ少し明るくなったかと思うと、そちらから声が聞こえた。

「こちらです」クラーラの声だとわかる。

僕は、そちらへ進む努力をした。しかし、歩いているような感覚はない。また、移動しているとも感じなかった。ただ、光は少しずつ明るくなった。

白い霧の中に、灰色の影が現れ、その輪郭《りんかく》がゆっくりと定まってきた。

近づいてきたクラーラは、古代ギリシャの衣装のような白い柔らかい布を纏《まと》っていた。髪と唇が赤い。ツリーハウスで亡くなっていたウォーカロンとは、やはり別人だと僕は感じた。死と生の違い以上にギャップがある。それは、偽物と本物の差でもなく、また、抜け殻と魂の差でもない。おそらく、これが存在というものの重みなのだろう、と思わずにはいられない。

「どうしましたか?」僕は尋ねた。「なにか、私にできることがありますか?」

「私は、この世に存在しない者だと知りました」クラーラは言った。声は少し震えているように聞こえたが、これは回線の影響なのか、それとも、僕の錯覚なのかわからない。

「誰が、貴女にそれを?」僕は尋ねた。

「誰も」彼女は首をふった。「自分で気づきました。あらゆる事象が、それを示していて、その一点でしか現在の状況にはなりえない、とわかりました」

「存在しない、という表現は適切ではない」僕は言葉を選んで言った。

「私は、何故ここにいるのか、と疑問を抱いています」

「誰かが、貴女を作ったのでしょうか?」

「それは、問題ではありません。神ではない、というだけで充分です」

「神が作ったものは、この世にはありません」僕は言った。「すべてが、自然に発生するのです。というよりも、発生したように観察されるだけです。それは、観察する者がいるからです。貴女は、自分を観察することができる。ですから、存在することと同じだといえます」

「私のことを憐《あわれ》んで、慰めて下さっているのですね？」

「そうではありません。私が考えることを話しているだけです」

「お話ししたかったのは、ですから、もうリアルの私を探す必要はない、ということです。先生にお願いしたことを撤回いたします。もともと、私はいなかったのですから、無駄なお願いをしてしまい、沢山の人に迷惑をおかけしたことをお詫《わ》びいたします」

「亡くなっていたウォーカロンは、どこから来たのでしょうか？」僕は質問した。

「私にはわかりませんし、関心もありません」

「それが、貴女の神なのでは？　この世界を作ったのも、同じ神ではありませんか？」

「先生、さきほどおっしゃっていたことと矛盾しています」

「ええ、世の中、矛盾だらけなのですよ。神様なんていないのに、神様にお願いすることがあります。ときどき、自分の中に神がいるような気持ちにもなります。貴女は、自分を観察することができるのですから、自分の中に神様がいると思えませんか？」

「何の話をされているのか、よくわかりません」

「では、具体的な話をしましょう」僕は、そこで微笑んだ。「これから、どうされるおつもりですか？　私に会いにきたのは、その話なのではありませんか？」

「そのとおりです。そちらの方々は、私に証言させたいとお考えなのでしょう？」

「そう聞いています。それがどうかしましたか？」

「私は、証言はしません。そうすることは、私の存在を否定することになると考えます。そのように、私は作られているのです。証言することで、自己矛盾を来《きた》し、死に等しい苦痛を味わうことになりましょう」

「そうかもしれません。私は無理に証言する必要はない、と考えております」

「何のために、私が作られたのか、ご存知なのですか？」

「いいえ。でも、想像はできます」

「知っているのに、私におっしゃらなかったのは、どうしてでしょうか？」

「知ったのは、つい最近のことです。それに、あまり重要ではない、とも思いました」

「自分という存在が、重要ではない、と？」

「はい。自分を観察できるならば、それが自分の実在の証明ですからね。それに、今思いつきましたけれど、もしかして、貴女を作ったのは、貴女自身なのではありませんか？　そうお考えになったことがありますか？」

　クラーラは黙った。僕をじっと見据えて、立ち尽くしていた。

　その様子を見て、僕は自分の言ったこと、自分の思いつきが正しいことを確信した。

そうだったのだ。

クララは、創造神だったのだ。

彼女がすべてを作った。大勢の人間を作ったとき、自分も作ろうと発想したのか。

なんという素晴らしいインスピレーション。

否、そうではない。それが自然。人間らしい真理ではないか。

自分で試したい。

子供はみんな、初めて見たものに手を伸ばす。

自分もやりたい。

僕にもさせて、とせがむ。

自分が作った人間になってみよう、と発想したのだ。

そして、自分を欺《あざむ》き通すために、自分を人間だと思い込ませるために、あらゆる手段を講じた。リアルのウォーカロンを手配し、ヴァーチャルの裏返しの仮想を見せたのか。

僕は、神に向かって問い質した。

「違いますか?」

クララは黙っていた。

彼女の目から涙が流れ始める。

白い頬《ほお》を涙が光りながら流れた。

しだいに、周囲の霧は晴れていく。輝かしい日が周囲から差し込み、彼女は明るく光り始める。

肩から大きな翼が現れ、両側に伸びる。

そして、細かい雪のようなものが、上から降り始めた。

これは星だろうか。

まるで、ゲームのラストのようではないか、と僕は思った。

ギリシャの神殿のような巨大な建物の前に、彼女は立っていた。さらに周囲には、古めかしい街が現れ、すぐ近くを鉄道が走り抜ける。大勢の人々が広場を行き交う。

いつの間にか聞こえ始めた人間社会の雑踏。多くの音が混ざり合う。公園では噴水の周りに幼い子供たちが集まっている。風船を持ったピエロの姿も見えた。

みんなが笑顔だった。

歓声も、交通音も、液体のように混ざり合う。

同じように、人間の数々の思考が、こんなふうに溶け合っていくのだ。

しかし、そこにあるのは、鬩《せめ》ぎ合いではない。

穏やかな融合、緩やかな融和だ。

「また、お会いしましょう」輝かしい光に包まれたクラーラが告げた。

「いつですか?」僕はきいた。

「いつでも」

そう、いつでも、どこにでも、誰にでも、神はいる。

それなのに、神は一人。

あらゆる思考が存在し、しかも、一つになる。

自由に、みんなが考える。

それが、神様なのか……。

第4章　なにも存在しなければ？　What if nothing exists?

「いずれにせよ」ラングドンは言った。「この物語は、われわれ象徴学者が〝原型融合型〟と呼ぶ部類にはいります。ほかの古典的な伝説を混ぜ合わせ、有名な神話から多くの要素を借りているんですから、まちがいなく作り物です。けっして史実ではありません」

1

クラーラと僕が交わした会話を、情報局はすべて記録していた。というよりも、クラーラはおそらく、大勢に聞いてほしかったのだろう。

彼女は、敵を惑わせるためにフェイクを装ったのではないか、という見方が最初にあった。ミュラも、実際にそう語った。ロジによれば、日本の情報局でもそう受け取っている、とのことだった。

「罠に決まっていますよ」ロジは吐き捨てた。「時間的な猶予を得ようとしているのは、なにか既に手を打っているからにちがいありません」

だが、オーロラの見解は少し違っていた。

「私とアミラは、ほぼ同じ評価です。彼女の発言は、嘘だとしたら、あまりにも幼稚で、利の少ない内容といえます。時間稼ぎの効果も期待できません。捨て身になっている可能性もありますが、それよりは、事実を話し、譲歩しようとしている可能性が高いかと。近く、そういった提案があるのではないでしょうか」

相手は、人工知能なのだから、その気持ちを察するのも人工知能の方が適しているのかもしれない、と僕は思った。ちなみに、僕自身は、彼女の言葉のまま、ありのままに受け取っただけで、センタメリカの政変とは無関係だろう、という気がした。もし、彼女自身がメインの人工知能ならば、戦争になどならない道理である。

「グアトは、信じたのですか?」ロジが問い詰めようとする。

「うーん、聞いたときには、信じたかも」僕は正直に答えた。

「ご婦人に対して寛容でいらっしゃいますから」そう言うと、ロジは口を斜めにした。

「だいたい、あとで後悔することになりますよ」

「後悔っていうのは、あとでしかできない」

「彼女の優しい雰囲気に呑《の》まれたのですね。弱いですよね、ああいうタイプに」

「いや、そういう問題ではない」冗談のようだったが、いちおう否定した。「つまり、クラーラは、平和の使者として送り出された、と僕は見ている。その送り出した人工知能が、クラーラの作者であり、その人工知能が、センタメリカの中枢にある。何故か、表には出てきていない。多数のスーパ・コンピュータの合議で運営されているように、たぶん見せかけている。ヴァーチャルの人たちを大勢集め、中には捏造して数を増やしている。そうやって共通思考を実現したかのように振る舞っている。しかし、中心にいるのはクラーラなんだ。彼女は、自分で自分を作った。それを自覚している。だから、戦争なんかする気はない、と訴えにきた」

「もしそうなら、もっとしっかりと言葉で表現するべきです」ロジは言う。「こちらが要求している条件、国際法に準拠したシステムの改善をいつまでに実施する、と条件として提示するべきです」

「まあ、そのとおりだ。ただ、私が感じたのは、彼女はそれほどの能力を持っていない、ということ。う一ん、もっと幼いというか、詳しい事情を知らないのかもしれない。そういう難しいことは、スーパ・コンピュータに任せているんじゃないかな」

「そんなの、ありえませんよ」ロジが言った。「政変によって新国家を設立したリーダだったら、なにも知りませんでした、では済まされません」

「うん、そのとおりだけれど……」僕は、そこで黙ってしまった。自分としても、考えがまとまらない。ただ、ロジの目をじっと見つめるしかなかった。

「どうして、そんなに彼女の肩を持つのですか?」

ロジのその言葉で、このまえ、君だって僕の肩を摑んだじゃないか、と言いたくなったが、思い留まった。肩を持つとは、どんな意味だったのか、とも考えてしまった。なんだか、自分が子供になった気分になる。そうか、僕は、クラーラに感情移入しているのか。待てよ、そうは思えない。だが、客観的かつ具体的な理由を言葉にすることができなかった。まるで、それは大人の事情というやつで、僕のような子供にはわからないものだ、といった感じ。夢を見ているのかもしれない。

「もし、クラーラを作ったリーダ格の人工知能が、例の七基とは別に存在するのなら、どこに隠れているのかね?」話を聞いていたヴォッシュが、横からきいてきた。「隠れることはできない。これだけネットの信号を各国の情報機関が傍受しているのだからね。大きなエネルギィを使えば、たちまち見つかるよ。たとえ、専用の発電システムを持っていても、衛星からの赤外線探知で見つかるだろう。実際、その捜査は既に何度も行われているんだ」

「そう、そこですよね、問題は……」僕は指を立てた。「つまり、それほど大きくない、ということなのではありませんか?」

「大きくない? コンピュータがかね? 大きくなかったら、国をまとめることなんてできない」ヴォッシュは、首をふった。「スーパ・コンピュータを何台も従えているんだ。小さなコンピュータにそんな権限はない。電子界では、演算力が絶対だ。低能力のものに、高能力のものが従うことはありえない」

「そうですよね、その価値観は、しかし絶対的なものでしょうか？　ダウンサイジングが持《も》て囃《はや》された時代だってありました。それに、もしかしたら、リーダは人間なのかもしれない。その人間が使っている小さなコンピュータが、全体をまとめている。なにか、特別な、うーん、伝統のような、昔からの上下関係？　そんな関係のリンクなら、ありなのでは？」

「伝統のような？」ヴォッシュは鬚を撫でながら唸った。「古いものというわけか」

「その方向性では、これまで捜索を行っておりませんでした」オーロラが言った。彼女は僕の前のモニタの中にいる。「ただ、実際問題として、どこまで範囲を広げて調べるかは、難しい問題です。コンピュータの数は膨大といえます。小規模なものほど数が多く、そのなかには他と通信をしないものもあるので検索が困難です。部品や消耗品の中にもあります。世界中に無数に存在するものの中から探すことになります。もし、クラーラただ一人をヴァーチャルに投影するだけのタスクならば、信号量もごく小さく、ほとんどの捜査網をすり抜けるはずです」

「つまり、捕まえられない？」僕はきいた。

「不可能ではありませんが、せめて、なにか的を絞れるようなファクタがないと」オーロラが答える。

「たしかに、君の言うとおり、小型のサーバかもしれない」ヴォッシュが言った。「クラーラの雰囲気というのは、私がこれまで見てきたスーパ・コンピュータの人工知能とは、どこか違っている。インテリジェンスを基盤とする人工知能は、もっと厳密で真面目《まじめ》で誠実だ」

「そうなんです」僕は頷いた。まるでロジのように、と言いそうになったが、思い留まった。クラーラには、子供のような無邪気さが見受けられる。その実年齢とは食い違っている。

「クラーラは、なんというのだろう……、もっと……」ヴォッシュが目を細める。「ヴェイグリィで、不鮮明で……」

「ファンタジィですよね」僕は言った。

「そうそう。夢見る感じだね。ああ、少女のように」

「博士、その表現は不適切ではないでしょうか」ペィシェンスが指摘した。

「失礼」ヴォッシュは、ロジを見て言った。「撤回します。ファンタジィなんだ、そのとおり。わざとではなく、素《す》というか、地というのか……」

「ナチュラルだと」僕は言った。

「そうそう」彼は、指を僕に向ける。「そう思っただろう？　君も」

「あの、ちょっとよろしいでしょうか？」ロジが溜息をついた。「クラーラさんの印象よりも、どうやったら、そのサーバを探すことができるのかを議論する方が生産的ではないか、と思います」

「うん」ヴォッシュは頷いた。「そのとおり」

「そうだね、どうやって見つけるか……」僕は目を瞑った。「うーん、そもそも、大きな組織が関与していて、大規模なシステムをバックに持っている、と想像したのは、まずは、政変を起こすような演算量。それに、うーん、クラーラさんのボディをわざわざ用意した経済力からの推定だったわけだけれど、ここへ来て、その前提が間違っている可能性が出てきた、ということ……」

「政変に関与したスーパ・コンピュータは自前のものではなかった。アフリカとオセアニアに点在するマシンで、単に利用されただけかもしれない」ヴォッシュが言う。「クラーラを作り出した小さなマシンが最初で、そこから、賛同者を集めたのか、だんだん膨《ふく》れ上《あ》がった。クラーラでの手法、つまりプログラムが、電子界では受けたというわけだ。彼女は、アイドルになった。そこで、コンピュータやトランスファが自然に集まって、クラーラ方式で仮想人間を作る真似《まね》を始めた。結果的にヴァーチャルの人口が急増して、国として独立することになった。つまり、こんな順番だったのでは？」

「トップダウンではなく、ボトムアップだったというわけです」僕は言った。

「いや、しかし、クラーラさんに似たウォーカロンを用意したのは、やはり大企業か軍隊、少なくとも国家レベルの研究所でないと無理だろう。莫大な資金が必要だ」

「ああ、そうか。それも逆だったんですよ」僕の声は、少しだけ大きくなっていただろう。

2

「なんか、暇ですね」セリンがそう呟いている声が聞こえてきた。ロジに話しかけているようだ。

僕は、立体モニタを通じて、ミュラ、ヴォッシュ、オーロラとの四者会談を行った。ランチのサンドイッチを食べながらで、ヴォッシュだけは、すぐ隣にいる。ペィシェンスとロジとセリンの三人は、十メートルほど離れたところでおしゃべりをしているのだった。

より小型のコンピュータがリーダとなっている可能性があることで、地理的な捜査範囲を広げ、エネルギィおよび信号の捜査範囲レベルを下げることが決定されたものの、あまりにも広範囲かつ大量のデータを扱うことになり、莫大な時間が必要となることが予想された。なにか特徴となるデータ、あるいは傾向がないか、そんな手掛かりを探すために能力を配分しなければならない。当面はそこに集中する方針で、ドイツと日本の情報局が合意した。

「最初から、我々二人がやっていたことだ」ヴォッシュは言った。「湖に潜って、恐竜を探すようなものだよ」

「その湖が海になりましたね」僕は微笑んだ。「もの凄く一般的なデータばかりで、どこに注目して良いのか、さっぱりわかりません。闇雲に探していたら、いつまでかかることか……」

「しかも、明らかに間違っているものがある。間違い探しをしているような気分になるよ」

「あれ、変だな、と思って時間を取られますよね」

「効率的なフィルタを、さきに作るべきかな」ヴォッシュは鬚を撫でていた。

捜索を続けるうちに、各種の探査プログラムが作られ、それらを放って調べさせるのだが、指数関数的にタスクが増えているため、処理はどんどん遅くなっていた。しかも、さらに広範囲のデータが今後入りつつある。

「まずは、お金や株や、具体的な品物の移動を切って、純粋にエネルギィだけに絞ってみた方が良いのではないでしょうか」モニタを見て、空中でキーボードを操作しつつ、僕は呟いた。

「基本に戻れ、とはゲーテの言葉だったかな」ヴォッシュが言った。「あらゆる発言をゲーテはしている」

「ちょっと試してみましょう。私だけで」僕は宣言した。

フィルタを通してから一時間ほど処理を続けた。しかし、またもデータミスに沢山遭遇してしまった。

「何なんでしょうね、このミスは」僕は呟く。

ヴォッシュが立ち上がって、僕のところまで来た。

「ああ、それだ。私も幾つか出会ったよ」ヴォッシュがモニタに指を向ける。「うーん、五十万から百万くらいの間だった。同じものが多いのは、解析上の間違いであって、そもそも正解がいくつなのかわからない。だから、無視するしかない。ほら、全然おかしいだろう。これが、人間というものの精度か、ということはわかる」

「誤差では全然ない。桁違《けたちが》いだ、というだけでもない」僕は呟く。モニタ上にメモを表示させた。「でも、うーん、そう、ゼロが五つ違うことでは共通しています。あまりにもアバウトですが」

「私のメモをそちらへ送ろう」ヴォッシュはそう言って、席に戻っていく。

僕はそれを受け取った。自分が見つけたものと合わせると、全数は数千個に及ぶことがわかった。

「もの凄い数ですね。これはミスではないかもしれません」と呟きながら、さらにフィルタにかける。「正しい数がわかるものに絞ってみましょう」

十五秒ほど検索と演算に時間がかかったが、結果が現れた。

「えっと、百個くらいしかないですね。正解があるものは……。えっと、比率は……」僕はモニタに現れたリストを見て、手が止まってしまった。「おやおや、何だ、これは?」

「どうした?」ヴォッシュがまた席を立って、こちらへやってきた。僕のモニタを覗き込む。

そこに現れた数字が、すべて同じだったのだ。

「六十五万八千五百三ですね」僕は口にする。「六五八五〇三……。つまり、どのミスも、六十五万八千五百三倍、狂っているんです。どれも同じ。正確に狂っている。この数字に、見覚えはありませんか?」

「六五八五〇三、六五八五〇三」ヴォッシュは繰り返す。「何だろう? 知らないな」

振り返ると、ロジとセリンが近くに立っていた。僕たちの様子がおかしいので、見にきたのだろう。

「この数字を知らない?」僕は彼女たちにきいた。

「知りません。意味のある数字なのですか? それとも暗号ですか?」ロジがきき返す。

「暗号ではないと思う。ごく普通のデータが、この数で割られた小さな数字に改竄されているようなんだ。意図的なものか、処理プログラム上のバグかな」

「プログラムのバグではない」ヴォッシュが言った。「同一ファイルで同様に処理を受けたものでも、間違っていない場合も沢山ある。エネルギィ関係の数値が小さくなっているようだ」

「三と二十九の倍数ですね」セリンが言った。

「え?」僕は彼女の顔を見た。「えっと、そうだね、三の倍数ではある。それくらいはわかるけれど」

「三で三回割ることができます。二十九でも三回割れます」セリンが言った。

「どちらも、三回?」僕は驚いた。「つまり、三の三乗かける二十九の三乗なの?」

「そうです」セリンがこくんと頷いた。

「そうだとしたら、偶然ではない」ヴォッシュが言った。

「そんなに大変なことなんですか?」ロジが目を回す表情を見せた。呆れたときに彼女がするリアクションである。「それがどんな意味なのか、私に教えて下さい」

「わからない」僕は首をふった。

ロジは、口の形を変え、ヴォッシュを見た。

「いや、わからない。さっぱりわからない」ヴォッシュが答える。

ロジは無言で目を見開いた。今にも笑いそうな、あるいは怒鳴《どな》りそうな顔だが、その噴火はなく、彼女は目を細め、セリンを見つめて首をふった。

「三は、ともかく、二十九という数字は、なにか意味があるのではないか」ヴォッシュが言う。「どこかで聞いたか、見たことがあるような気が……」

「私はありません」僕が言い終わらないうちにロジが言った。「二十九っていったら、二十九です。三十より一つ小さい数字です。ほかに意味があるという発想が、変だと思います」

「いやいや、お嬢さん」ヴォッシュが両手を広げて言った。「そうでもないんだよ。この世は数字でできているんだ」

彼は、自分の席へ戻っていく。こちらを見ず、モニタを見つめる姿勢で動かなくなった。明らかに、ロジの追及から逃れようとしている。

僕もモニタに視線を戻した。ロジとセリンの視線を背中に感じつつ、目の前の数字をただ凝視した。

数字の形ではない。並びでもない。意味があるとしたら数字ではなく数だ。

二十九というのは、あまり生活に登場しない素数である。いうなれば、半端な数。それを、何故三乗するのか？

「単位ではないか？」隣のヴォッシュが呟いた。彼を見ると、こちらを横目でちらりと見た。ついでに、後ろのロジたちも一瞬だけ見たようだ。「昔の単位を新しい単位に変換するようなとき、半端な数の割り算になるだろう？」

そういえば、そうだ。

たとえば、かつては距離をマイルで測ったが、今はメートルだ。たとえば、地図にするため縮小すると、一マイルを一センチにするには、十六万九百三十四で割る必要があった。単位が変わる過渡期には、そういった操作が必要になった。だが、その種の半端な数が、比較的大きい素数の三乗になる確率は極めて低いだろう。

「あ、わかった」セリンが高い声を上げた。「一フィートを〇・五ミリにする比率は、さきほどの数字、六十五万八千五百三の三乗根の、ほぼ七倍になります」

「えっと、それ、今、君が計算したの?」僕は振り返ってきいた。

「すみません」セリンは神妙な顔になった。「私ではなく、クラリスです」

クラリスがセリンに教えていたのだ。二人は相性が良い。

「うーん、七倍ということは、一フィートを三・五ミリにする縮尺率の三乗が、六十五万八千五百三だということか……。うーん、どうして三乗?　あ!」僕は指を鳴らした。

「立体だからですね」セリンが言った。

「クラリス」僕はセリンを見た。「わかった、君の方が早かった。うん、えっと……。もう、あとは君が話して」

「六十五万八千五百三は、三かける二十九、八十七の三乗です」セリンは話した。既に口調がセリンとは異なり、大人びている。「つまり、この数字は、八十七分の一に縮小したものの三乗、すなわち立体を表しています。一フィートを三・五ミリに縮小するのは、ドイツで発明されたミニチュア・モデルでは一般的で、世界のほとんどの国が、この縮尺を採用しています」

「ミニチュア・モデルか、ああ、ミニカーとか鉄道模型だ」ヴォッシュは言った。「そうだ、建物もこの縮尺でモデルが売られている。ミニチュアの街を作った大規模なミュージアムがあったはずだ。たしかニュルンベルクじゃなかったか？」

「ハンブルクです」クラリスがセリンの声で訂正した。

「あ、そういえば……」僕はまた思いついた。「クラーラと会った、あのヴァーチャルの街は、なんかレトロでおもちゃっぽかった。鉄道とかクルマとか、昔のタイプが走っていた」

「ハンブルクのミュージアムって、ケン・ヨウ氏のかつての勤め先では？」ロジが言った。

「あ、そうだ」僕は頷く。

「調べました」セリンが言った。これはセリン自身のようだ。「そのミュージアムは、三十年ほどまえに閉館となって、今は公開されていません。ただ、取り壊されたわけではなく、スポンサを探している状態のままです」

「そこのコンピュータを調べよう」僕は言った。「ほら、的が絞れた」

「現地に行った方が……」ロジが言った。

「行ってみようか」僕は彼女を見た。

ロジは口を結び、スローモーションみたいに頷いた。

3

ドイツ情報局は素早く動いた。

十五分で、そのミュージアム跡地で今も稼働するコンピュータを特定した。それは、五十年もまえから稼働している古いタイプの人工知能だが、ミュージアムのすべての業務を担当していたらしい。

現在も、方々と信号のやりとりが少量だがあった。センタメリカの七つの人工知能とのアクセスがその大半であることも判明し、裁判所から捜査令状が下りた。

次の十五分間で、現地の周辺にトランスファが展開し、電子的な防御を固めるとともに、警察官と局員による部隊が現地に急行した。

僕たちは、情報局の建物の屋上から、ジェット機に乗って移動した。形態はダクトファン機だがエンジンがターボジェットなので、ジェット機と呼ぶのが適切だ、とロジからレクチャを受けた。彼女は、ドイツの最新型機に興奮し、これだけで今回の騒動の元は採れたとまで豪語した。

現地では安全性を評価する作業が進められた。周辺からトランスファは排除され、また危険物がないことも確認された。僕たちが到着したのは四十五分後。フライトは僅かに十分間だった。百キロメートルほどの距離だから、平均時速六百キロの飛行になる。

細かい雨が降っていた。昼間だというのに、低い雲が立ち込め、夕方よりも暗かった。工場のような大きな建物が目的地で、その横の広い駐車場にジェット機は着陸した。二十台以上のクルマの半分はバスだった。装甲車のような武装車もあった。一般のクルマは一台もない。かつては賑《にぎ》やかな商業地だったそうだが、上から見たときも、近所に人影はまったくなく、この地域は人口減少のためほとんどゴーストタウンと化している、と説明を受けた。

建物はレンガ造のような外装だった。ただ、ほぼ灰色一色に汚れている。窓枠や手摺りなどは錆《さ》びつき、元の色がわからない。ガラスも灰色にくすみ、割れているものもあった。外から見たところ、三階建てほどの高さで、長く平坦《へいたん》な壁面がずっと続いている。

入口の手前で、現在ロボット隊が内部に入って安全を確認している、と現場の指揮官から報告があった。僕たちはミュラの近くにいた。全員がプロテクタとヘルメットを着用している。ロジは、もちろん自分の銃を持ってきている。

「メインのコンピュータは地階で発見されました。稼働しています」指揮官は報告する。

「人間もロボットも確認できません。無人のようです」

「しかし、誰かが面倒を見ていたはず」僕はミュラに言った。「ガードマンはいたのでは？」

「外部にロボットのガードマンが四体いましたが、警察が到着した時点で投降し、確保されました。民間の委託業者のロボットで、ここの専属ではありません」指揮官は僕の方を見た。「まもなく、内部をご覧になれると思います」

ロジを見ると、空を見上げている。セリンも上を見ていた。ドローンを警戒しているのだろう。しかし、雨のため視界も悪く、僕にはなにも見えないし、目を開けていられない。彼女たちの目は特殊なのである。

さらに十五分ほど待たされた。

「クラーラと名乗る者からメッセージがありました。抵抗もしないし、危険はないと約束する、とのことです」指揮官が伝えてきた。ローカル・ネットワークからだろう。「発信源は、この建物の中です。超短波の信号でした」

「私も確認しました」ロジが呟いた。「でも、罠っぽいですよね。この期《ご》に及んで」

「少しくらいは、人を信用してもバチは当たらないよ」僕は言った。

「バチ」ロジが言葉を繰り返し、口の形をEにした。

「全域の確認が終わりました」指揮官はそう告げると、片手を建物の方へ差し出した。ど

にも見える。

武装した部隊二十人ほどが、僕たちの前を進んだ。人間よりも少し大きいロボットだった。もちろん、動きは滑らかで、見ただけでは、ウォーカロンにも、特殊なスポーツ選手にも見える。

正面から建物に入ると、広い倉庫のような空間だった。天井は高く、屋根の骨組みが剝《む》き出《だ》しだった。上階がないかわりに、周囲にキャットウォークがある。小さな天窓が一定間隔で並んでいるが、排煙の設備かもしれない。

照明は灯《とも》っているものの、充分な照度とはいえなかった。僕たちはメガネをかけているので、暗さに関係なくすべてが見える。このメガネは、防弾らしいけれど、とても信用できない軽さだった。

航空機の格納庫のように、ずっと奥まで続いている。平面形は十字型なので、途中で左右にも同じように続く棟と交わっているはずだ。床のほとんどはコンクリートが剝き出しだったが、塗装はされていたようだ。

コンピュータは地下だと聞いていたため、下りていく階段はどこだろうか、と僕は探していた。この種の建物では、地下に設備関係の機器をまとめるものだ。建築の構造や設備関係には、技術的流行がある。たぶん前世紀前半に建てられたものではないか、と思った。あるいは、もっと古くからあったものを改築したのかもしれない。

パーティションで区切られた部屋も幾つかあったし、なかには、そこだけ二階のある高い部屋もある。どこもドアが開けられ、内部が見えている状態だった。

三十メートル以上進んだところで、低いパーティションを抜けると、雰囲気が一変していた。舞台は、暗い工場から、明るいオフィスに転換した。

天井からぶら下がった多くのライトが、さまざまな方向へ照射され、空気も白っぽく、まるで湯気《ゆげ》が上がっているように見えた。

黄色いパイプの手摺りが囲っている内側に、ミニチュアの街が広がっている。巨大なジオラマである。先が見通せないほど続いている。高いビルが立ち並んでいたり、草原の丘や山もある。全体は見渡せない。スロープで上がる通路が作られていて、このジオラマを上から眺めるためにデザインされているようだ。ただ、鉄道もクルマもフィギュアの人々も、すべて止まっている。動かない。

そこに上がってじっくりと見学したかったが、残念ながら、チームはどんどん先へ行ってしまい、一人だけ別行動をするような選択はさせてもらえそうになかった。

ジオラマは、沢山の島エリアに分かれているため、周囲から比較的接近して見学ができるようにレイアウトされていた。鉄道やクルマの道路は、そういった島々に架《か》けられた橋で結ばれているが、その橋の下を潜るために、見学者の通路は、そこだけ低くなるように、階段やスロープが設けられていた。

そんなスロープで低くなった通路から、さらにジオラマの下へ潜り込むような階段がガラスドアの内部に見えた。スタッフ・オンリィのエリアのようだ。

一行が前に立つと、ドアは自動で開いた。

武装部隊は、五人ほどが中に入り、それ以外は待機となる。その後、ミュラに続いて、僕、ロジ、セリン、ヴォッシュ、ペィシェンスが入り、さらに六人の情報局員がついてきた。

地階では、通路が狭くなり、普通の部屋のドアが並んでいた。どれも小さな倉庫のようだ。しかし、行き止まりには広いスペースがあり、雑然とした機械類とデスクが並ぶ。薄暗い照明の中、静かに冷却ファンのモータ音だけが聞こえた。ここにも、誰もいなかったそうだ。

上階のジオラマの制御を行う場所だ、と僕は理解した。旧式のモニタが沢山並んでいたが、どれも電源が入っていない。

大勢が、中央のデスクを取り囲んだ。問題のコンピュータは、デスクの下に設置されていた。五十センチ立方ほどのサイズで、冷却ファンの音は、そこから出ている。ボディは灰色。換気のための細かいスリットがある。それ以外には、半開きのハッチから、メモリ基板を差し入れるソケットが並んでいるのが覗き見えた。小さな緑のインジケータが灯っているだけで、モニタや数字などの表示はなかった。

「人と対話ができるのかね?」ヴォッシュがきいた。

もしできるのなら、彼の声を理解し、返答することができただろう。だが、なにも反応はなかった。

「このマシン以外には、ここには人工知能レベルのコンピュータはありません」指揮官が説明した。「現在は、外部との回線をすべて遮断しましたので、通信できない状態にあります」

トランスファを恐れての処置だ。コンピュータは、今はなにもできない状態といえる。

僕は、少し可哀想に思えてきた。

「どうしますか?」指揮官が、ミュラに尋ねた。

「押収する」ミュラは即答する。「自己破壊しなければ良いのだけれど」

「まずは、この場で、コミュニケーションを取るべきだ」ヴォッシュが言った。「搬送のために電源を落とせば、おそらく大半のメモリィを消去するプログラムが作動するだろう。この時代のものは、盗難に対する安全策で、大方そうだった。消去されると、証拠として価値を失うことになりかねない」

「電源を保持したまま、運ぶ方法でも、駄目ですか?」ミュラが尋ねた。

「なんにしても、感知されれば、危険はある。今話していることだって、聞いている可能性が高い」

「まずは、皆さんで、上のジオラマを見学する、というのは、いかがでしょうか?」僕は言った。「ライトはONになっていましたけれど、メインスイッチは、どこにあるのですか? 動かしてみましょう」

「自分が見たいだけなのでは?」耳元でロジが早口で言った。

「このコンピュータは、ジオラマを管理するために働いていたのです」僕は続ける。「八十七分の一スケールのミニチュア世界を運営し、維持し、計画していたのです。しばらく、彼女の仕事ぶりを拝見させてもらいましょう」

4

集まっていた警察や情報局の者たちが、ジオラマのメインスイッチを探したが見つからなかった。しかし、いつの間にか、それはゆっくりと起動した。

「あ、あそこが動いている」と最初に誰かが指を差した。

小さなクルマが道路を音もなく進んでいた。ビルの看板や、航空表示灯が点滅を始めた。そのうちに、鉄道が走りだし、道路で動くクルマの数も増えてきた。港があるエリアでは、タグボートが動き、停泊していた客船の煙突から仄《ほの》かに煙が出始めた。

「ジェットエンジンの音」とロジが言い、僕の手を引いていく。

空港があるエリアだ。滑走路をゆっくりと動く旅客機が見えた。翼の左右にライトを点滅させている。

「あれは、アメリカの機種です」ロジが言った。「百年以上まえの型です。まだ飛行機産業がそれなりに存続していた時代です。スーパ・ソニックが人気だったんですよ」

「嬉しそうだね、君」僕は皮肉を言ったつもりだが、ロジは、素直ににっこりと頷くだけだった。

ジオラマは広く展開しているので、方々で声が上がっても、何が起こったのか見にいくには遠すぎる。既にミュラもヴォッシュも近くにはいなかった。

ミニチュアの街は、順次覚醒《かくせい》し、細かいギミックに至るまで動き始めた。遊園地のあるエリアでは、アトラクションが稼働し、メロディが流れる。スポーツスタジアムでは歓声が上がり、アスリートたちが走り始める。僕とロジが見ているまえを、超音速旅客機が離陸し、小さなヘリコプタが街の方へ飛んでいった。

「あのぉ……」という声に振り返ると、セリンが立っていた。上目遣いに僕を見つめている。「どうして、八十七の三乗だったのですか?」

「このミニチュアは、一フィートを三・五ミリに縮小するスケールで作られているからだよ」僕は説明した。

「そこは、わかったんですけれど」セリンが首を傾げる。「三乗というのは?」

「長さを八十七分の一に縮小すると、面積は八十七の二乗分の一になる。体積は三乗分の一になる。この世は三次元だからね。結果的に量は、えっと……」

「六十五万八千五百三分の一」セリンが言った。

「そう、そうなる。重さもそうなる。たとえば、このジオラマに使う材料費は、体積に比例しているから、なにか新しいものを作ろうと計画したら、その計算になる。エネルギィというのは、力と距離をかけたものだけれど、力は質量に加速度をかけたものだから、縮尺としては四乗になって、ああ、つまり加速度に長さが含まれているからね、だけど、それにまた長さをかけるから、エネルギィもやっぱり三乗分の一になる。このミニチュアの中で行われる仕事量は、実物に対して、六十何万分の一になっているわけだ」

「それを、さっきのコンピュータが計算していたのですか?」セリンが尋ねる。

「このミニチュアの街についての演算には、その割合の数字を用いる場合が多くある、ということ」

「それじゃあ、このミニチュアの街が、つまり、センタメリカだったということですか?」

セリンのその質問に、僕はすぐに答えられなかった。

「ああ、もしかして、そうかもしれないね」僕は息を吐いた。「ここに、センタメリカの国民がいるんだ。このミニチュアの中に」

ジオラマを見ると、大勢の小さなフィギュアが方々で動いている。人間の大きさは二センチくらいだ。動かない人形もいたが、多くは歩いて移動しているか、単純ではあるが、なにがしかの作業を続けている。工事をしている人、荷物を運んでいる人、子供と手をつないでいる人、プールで泳ぐ人もいる。

走っているクルマの中にも人が乗っている。走る鉄道の窓にも人の顔が覗き見える。歩道や広場、駅あるいは公園、そして建物の中にも無数の人たちがいる。どれくらいの数なのだろう。もの凄い数になるのではないか。

その全部を、コンピュータが動かしているわけではないだろう。単純な動きを繰り返すものは、超小型のロボットであり、自律系ではない。クルマも、道路を走っているが、単に障害物にぶつからない処理で動いているだけだ。

僕は、ジオラマの中心に近い場所へ移動した。そこに案内の立体モニタがあったからだ。ミュージアムの入場者向けに設置されたもので、簡単な説明が表示され、まずは言語を選べるようになっていた。僕は英語を選び、最初のうちの概略は流し読みしてページを捲《めく》っていった。

そのうち、〈体験〉という項目の説明になった。〈あなたもここの国民になってみませんか?〉とある。説明を読むと、一人の国民になって、どこでも好きなところへ移動できる、とあった。すぐ横に、サンプルの映像が表示され、それによると、フィギュアを自由に操り、またフィギュアの視点で映像が表示されるようだった。二センチのフィギュアの頭部に小型カメラが内蔵されているわけだ。これをメカニカルに実現しているのが素晴らしい。

「凄いね、ほとんどヴァーチャルと同じ機能だ。素晴らしい」

「素晴らしいですか？」横に立っていたロジが苦笑している。「私は、超小型ジェットエンジンの方が素晴らしいと思います。あんな小ささで燃焼が可能だという点が」

「まあ、感じるところは、人それぞれだから」僕は呟いた。

ジオラマは、すべてが稼働しているように見えた。警官も情報局員も、それを見守っていた。案内のアナウンスや、こちらの質問に答えるようなコーナもあり、さきほどのコンピュータがジオラマのために稼働していることは明らかだ。

しかし、コミュニケーションを取るチャンスはまだ訪れない。どうすれば、それができるだろう、と僕は考えていた。どこかに、彼女が相手をしてくれるスポットがあるはずだ。

「小さくなって、さっきのジェット機に乗ってみたいですね」ロジが呟いている。完全なマニア・モードになっているようだ。

「そうか、この世界の中に入れば良いのか」僕は気づいた。そして、周囲を見回した。

「どこかに、この世界を体験する端末があるのかな？」

「ご案内します」どこからか、綺麗な発音の女性の声が聞こえてきた。

目の前にホログラムが投影され、矢印が現れる。

僕とロジは、導かれるまま、そちらへ歩いていく。途中で、セリンにロジが指示を与えていた。すぐ近くにいて、グアトから目を離さないように、と。

ゲーム機のような玉子型のカプセルが、ジオラマから下へ入ったフロアに並んでいた。スロープを下りていくと、手前の二つがハッチを静かに開ける。全体が淡い黄色に点滅し始めた。

「この中に入れってことですね」ロジが言った。「別々に入るのですか?」

「カップルの方は、二人で入ることができます」案内の女性が言った。

「一緒に入ります」ロジが言った。

片方の点滅が消えて、ハッチが閉まる。僕とロジは目の前のカプセルに入った。

周囲に映像が現れ、狭いはずのカプセル内が、広場の中心に見えてくる。

「ゴーグルを装着して下さい」という声とともに、目の前に大きな映像が表示され、装着方法を説明し始めた。

5

ジオラマの国民になる手順の説明を受けた。ジオラマ内のどこに降臨するかをまず指定し、その周辺に存在する人々の中から、好みの人物を選ぶようだ。もちろん、それがジオラマに存在する、自由に動かせるフィギュアなのである。

カップルで同じカプセルに入ると、ジオラマ内に降臨したとき、二人が同じ場所にいる設定となる。別々のカプセルに入ったら、ジオラマの中で出会うことは、ほぼ絶望だろう。

なお、この「降臨」という表現は、このシステムで用いられているタームだった。わからないでもないが、この単語を知っている人は少数ではないか、と僕は思った。危険を冒すというアドベンチャを連想してしまうだろう。

いろいろ設定したところで、僕たち二人は、飛行場のロビィに降臨した。彼女がその場所を選んでしまったのだ。

「ロジ?」僕は周囲を見た。彼女を探したのだ。

「私はここです」すぐそばの女性が、片手を上げた。

それは中年の太った女性で、スイスの民族衣装を着ていた。

「どうして、その人を選んだの？」僕は尋ねた。

「そちらに合わせたつもりですけど」ロジは答える。

自分の姿は見えないが、僕は、蝶《ちょう》ネクタイの太った老人を選んだ。

「アルペンホルンを吹く人だよね」僕は笑って答える。そして、周囲を見回した。「さてと、どこへ行けば良いかな？」

「ジェット機に乗るのは、どうですか？」ロジがぶつかってくる。

「弾き飛ばされそうだよ。えっと、飛行機に乗ったら、誰にも会えないんじゃないかな。もっと、図書館とか、国会議事堂とか、そういうところへ行かないと」

「どうしてですか？」

「いや、なんとなく。だって、ここを統治する人に面会するのが目的だから」

「それだったら、最初からそういう場所で降臨すれば良かったのに」

「そうだよ。君が横から飛行場を選択したから、こうなったんだよ」

「すみません。つい……」彼女の顔が笑う。不気味な表情で、僕は怖くなった。

「どうしたら、良いかなぁ。そうだ、鉄道に乗るか、あ、それともコミュータに乗るか」

高い位置に案内板があった。鉄道乗り場とタクシー乗り場が示されていた。

「タクシーって、懐かしいな」

「最近、もう言わないですね」

「タクシーに乗って、運転手に目的を言えば、相応しいところへ連れていってくれるよ、きっと」

そちらへ歩くことになったが、思った速度で進めない。

「もっと速く歩けないのかなぁ」

「太った人を選んだからでしょうか」

非常にじれったい。しかし、ようやく建物から外に出ることができた。鉄道の高架駅が前方に見えたが、だいぶ遠い。あそこまで歩いて行くのは大変だ。しかし、タクシー乗り場には行列ができていた。

「こんなところでぐずぐずしている暇があるのでしょうか?」ロジがきいた。彼女の風貌で言われると、いつも以上に圧力を感じる。

「えっと、どうしたら良いのかなぁ」僕は迷った。

「列の先頭に割り込みましょう」

「それは良くないよ」

「でも、あの人たちは、単なるエキストラですよ、きっと。ほかに、ログインしている観客はいませんから」

僕たちが話し合っているとき、目の前にリムジンのような長いクルマが停車した。歩道に寄せることもせず、道路の真ん中で停《と》まっているので、後続車の道を塞《ふさ》いだ格好である。

運転手らしき男が降りてきて、後ろのドアを開ける。ドレスで膨らんだ女性が、クルマの中から僕たちに手を振っていた。黙って見ていたら、クルマから身を乗り出して、手招きをする。僕はロジを見た。

「僕たちに言っているのかな?」

「単なるアトラクションかと思いましたけれど」ロジは笑っている。「ヘアスタイルがケーキみたいですね」

「もしかして、クラーラさんですか?」近づいていって、僕は尋ねた。

「私は、この街のクイーンです」女性は答える。「馬車の中へ、どうぞ」

「馬車?」ロジが言葉を繰り返す。

僕が乗り込み、つづいてロジも乗った。

外にいた運転手がドアを閉めてくれる。

「後ろが渋滞していますよ」僕は女王に言った。

「気にしなくてけっこうです。よくいらっしゃいました。これから宮殿へご案内しましょう」

「王制なんですか、ここは」僕は尋ねた。

「普通、迎えには使者を寄越すのではないでしょうか?」ロジが言った。「女王様が自らおいでになることもなかったと思いますけれど」
「楽しければ良いのよ、ほほほ」女王は口を片手で隠し、高い声で笑った。何が楽しいのだろう、と不思議に思った。

運転手が座席に戻ったらしく、クルマが動き始めた。

「私どもの会社、クリンメルは、四百年以上まえに、おもちゃの製造を始めましてね、最初は、フライパンや鍋《なべ》のミニチュアを売り出しましたのよ。主人が、錫の鋳物を作る技術者だったからですの」

「主人って、王様のことですか？」ロジがきいた。

「そうですよ」女王は頷いた。

「王様が、鋳物の技術者だったのですか？」

「そういう時代でしたのよ」女王は微笑みながら頷いた。「その次には、フライパンや鍋をのせるコンロのおもちゃを作りました。そうして、キッチンの道具が全部揃うようになって、さて、次に何のおもちゃを作りましょう、と王様と考えることになったのでした」

「家来に考えさせれば良かったのに」ロジが言う。

「まあまあ……」僕はロジの膝に手を置いた。「女王様の話を聞きましょう」

「あ、はい、そうですね」太った民族衣装のロジは、口を尖らせて頷いた。

「その頃は、ようやく国中に鉄道が走り始めた頃でしたから、これをおもちゃにしましょう、と私が提案しました。ね？　名案だったと思われるでしょう？　それで、どうせならば、本物のように走る汽車のおもちゃがよろしいんじゃないってことに、決まったわけですね、ほほほほ」

「もう、当時、そんな小さなモータがあったのですか？」僕は尋ねた。四百年以上まえと話していたから、十九世紀のことかもしれない。家庭に電気がまだ行き渡っていない時代ではないか。

「初めのおもちゃの機関車は、モータではなくて、アルコールを燃やして走りましたのよ」女王は説明した。「おわかりになりますか？　想像できますか？　アルコールといっても、お酒のことじゃないのよ」

「わかります。私は工学が専門ですから」僕は言った。ちょっと意地を張ってしまった。気がつくと、膝にロジの手があった。彼女が笑い顔で睨んでいる。

そうそう、女王様に話させて、良い気分にさせた方が得策だろう。

話は続く。しかも、どんどんディテールに拍車がかかり、もの凄く細かい内容になった。どこに工場を建てたとか、工場で働く人たちの家族にまで説明が及んだ。僕は、軽く頷きつつ、聞き流していた。ロジもものを言わなくなった。眠っているのではないか、ときどき彼女を見たくらいだ。

街の中をゆっくりとリムジンは進んでいる。リアルではもう見られない、クラシカルな街並みが、少しずつスライドしていく。歩いている人々のファッションもレトロだし、すれ違うクルマもトラックも全部クラシックカーだった。

やがて、周囲になにもない広い場所に出た。公園のようだが、一面の芝生で、人はほとんどいない。前方には、ドームと塔のある建物が近づいていた。宮殿のようだ。

この土地は、周囲よりも少し高い丘の上らしく、街が小さく見えた。もともとミニチュアであることを思い出したが、不思議なことに、街の端というのか、つまりジオラマの外の世界は見えない。それは風景画のような背景で隠されているみたいだった。ソフト的に処理されているのだろう。でなければ、ヴォッシュやペィシェンスが巨人のように見えるはずだ。

既に、ここにログインしてから三十分ほどが経過している。ミュラたちも、こちらに注目しているだろう。そんな想像をした。だが、危険なこともなく、楽しい時間だといえる。もうずっと、この世界にいたい、と思えるほどだった。

6

女王に導かれて、僕とロジは宮殿の中に足を踏み入れた。といっても、ホルン吹きの老人とカラフルな民族衣装の中年女である。なんとなく、階段を上るときに息切れがした。王様に謁見《えっけん》をするのか、と想像していたが、そういうわけではなかった。広い応接間に導かれ、古風なデザインの椅子に腰掛けた。テーブルはない。お茶も出なかった。三十メートル四方ほどの部屋の中心に丸い絨毯が敷かれていて、そこに三脚の椅子が用意されていたのだ。

女王はずっとしゃべり続けていて、おもちゃメーカの広告塔と化していた。全盛期を過ぎた頃、無理をしてこのミュージアムを建設した。その頃には、おもちゃの九十九パーセントはソフトウェアになっていたので、このようなリアルで物体の生産物は、前時代的だと批判されたという。

それでも、その時代錯誤がかえって人気を博すことになり、ミュージアムは大盛況だったそうだ。世界中から、大勢の子供たち、そして大人たちも訪れたという。

女王は、今までで一番高らかに笑った。

三十秒ほど、彼女の高笑いを聞いていただろう。それが、だんだんトーンが小さくなり、やがて女王は沈黙した。電源が喪失したように、元気がなくなった。表情も変わり、眉を寄せ、今にも泣き出しそうな顔になった。

「大勢の子供たちに夢を与えてきたのに……」女王は小声で言った。「みんな、どこかへ行ってしまったのよ。もう、私たちは誰にも見向きされない。ここは、寂しい街になってしまった。あぁ……」彼女は、大きな溜息をついた。「どうすれば良かったというの? 第一、もうこの世界には、子供が生まれないのよ。おもちゃなんてものがあったことも、みんな忘れてしまったのよ」

「そんなことはありませんよ。私は、子供の頃に遊んだおもちゃをよく覚えています」僕は話した。「大人になっても、そういうものは忘れない。なにかのときに、ふと思い出すものです」

「私もそう思います」ロジが言った。「私は今でも、クルマのおもちゃであそんでいます。ガソリンを燃やして回るエンジンです。とても良い音がするんです」

「あら、エンジンのおもちゃ?」女王の顔がぱっと明るくなった。「そう、ひまし油の独特の排気ガスの匂いが、好きな人は好きなのよね。なかなかかからないことがあるでしょう? だから、回ったときには、周りのみんなが拍手をするの」

「あ、ええ……、そういうこともあります」ロジが頷いた、僕の顔を見ながら。

「ところで、女王様」僕は、肝心の話を切り出すことにした。「この国の人々は、女王様が作ったのですか?」

「ええ、もちろん」彼女は微笑みながら頷いた。「最初の頃は、動くものは鉄道だけでした。だって、クルマは線路がないから、動かしたら、どこかにぶつかってしまうでしょう? 飛行機はとても飛べないし、船も浮かんでいるだけでした。でも、少しずつ、本物に似せていく努力をしたの。動かせるものは動かす。これも動かしたい、あれも自由に走らせたい、とね……。大きさは、最初に作った鉄道のおもちゃに合わせて、建物を作り、山にはトンネル、川には橋を架けて、そして、自然の風景も、樹や花も作りました。もちろん、人形もいろいろなものを作って、動物もいろいろな種類のものを作りました。どれも動きませんでしたけれどね」

「マイクロマシンが盛んになったのは、二百年くらいまえですか？」僕は尋ねた。

「そう、あなた、詳しいのね」女王は微笑んだ。「モータも小さくなって、コントロールも精密になって、とにかく、どんどん小さくできるようになったから、動かなかった人間や動物のフィギュアも少しずつ、動くようにしたんです。でも、ほとんどのものは、ただ手を振るだけとか、決まった動作しかできません。関節を少しずつ増やして、実物のとおりに動けるようになっても、まだ、センサが組み込まれていないから、自律はできません。自分で判断して動けないから、普通の生物のようにはならない。それができるようになるには、コンピュータ技術の発展を待たなければなりませんでした。そう、百年くらいまえに、ようやく実現しましたね、だいたいのことが、すべて可能になったのよ」

「ここのジオラマ、いえ……、この街は、その頃に作られたのですか？」

「いいえ、もっともっと昔からありましたよ。少しずつ改造して、バージョンアップしてきました。最初は動かなかったフィギュアも今は、ほとんど動きます。それでも、まだ自律のものは、ごく一部ですけれど」

「自律のフィギュアを作るには、その人物をどうやって設定するのですか？」僕は尋ねた。たぶん、今回の問題の核心だと思われる質問だった。「機関車やクルマを作るように、プロトタイプを設定するのですか？」

「もちろん、そのとおり、同じです」女王は答える。「動かないフィギュアを作るときも、実在するモデルにその作業をさせ、会話をさせ、その瞬間を切り取って形にしました。ですから、昔は写真でした。動くようになったら、動画を撮って、その動作を再現しました。手法は同じです。自律するフィギュアは、生きている人間の人生を再現するものでなければなりません。プロトタイプを設定し、その人物の過去に遡って調査し、克明なヒストリィを、そのままプログラムします。さらに、そこから自身の思考を展開させ、自己の存在を自覚するまで育てる必要があります。それらは、コンピュータ技術の成熟によって実現することができました」

「自律フィギュアを作り出すには、エネルギィが必要ですね。量産はできないわけですね？」

「そのとおり」女王は頷く。「芸術的といっても良いほど、無駄な作業になりかねません。しかし、一人の人間が生まれたときには、本当にスタッフ一同が涙を流すほど喜びを味わえるのです。感動を生む作業といえますよ。私たちは、ずっとおもちゃを製造してきましたけれど、やっとここまで来たのか、という一つの到達点だと認識しておりますの」

「そうやって、人口を増やしていったのですね?」

「賛同者に助けてもらって、大きなコンピュータを使わせてもらいました。人を増やすことは製造ではありませんから、とても面倒な作業なのです。でも、運良く、ここまで大勢にすることができました。感謝をしています」

「少しやりすぎたとはお考えになりませんでしたか?」

「そうね、この街では狭すぎると感じました。ですから、もういっそのこと、すべてをコンピュータの中へ入れてしまおう、という決断に迫られました。なにしろ、ここはこの有《あり》様《さま》です。気がつけば、もう廃墟同然となってしまったのです。街を維持するための予算もありません。エネルギィも足りませんでした。ですから、賛同者のお力を借り、私たちのノウハウを譲って、そのかわり、幾つかのサーバに領域を借りて、そちらへすべてを移すことになりました。私たちは、すべてヴァーチャルへシフトするのです。王様は、既にあちらへ行かれて、もう戻られません。私一人だけが、ここに残っているのよ。まだ、少しですけれど、私には、この街に未練がありますの。ここで育ち、長くここで生きてきたのですから」

「王様には、お会いすることができますか?」僕は尋ねた。

「さあ、どうかしら。あいにく、私も会えません。どちらにいらっしゃるのか、もうわか

「そうですか……」僕は頷いた。わからないとは、どういう意味だろう。「面白いお話をありがとうございました。また、来ても良いですか？」

「ええ、いつでもいらっしゃって下さい。私がいる間は、なんとかこの街も崩壊せずに存続するはずです」

ここでログオフしようか、と僕は思った。しかし、ロジが前に進み出て質問した。

「あの、女王様、クラーラさんを、ご存知ですか？」

「ええ、もちろん、よく知っています」女王は頷く。

「クラーラさんは、どちらにいらっしゃるのですか？」ロジがさらにきく。

「彼女は、もともとは、このミュージアムのスタッフでした。私たちが最新型のフィギュアを試作したとき、最初のプロトタイプとして彼女を選んだの。残念ながら、数年まえに、ここを辞めていきました。もうお給料が払えなくなったので、辞めてもらうしかなかったのです。とても良い方でしたのに……。別れるときには、私は涙が止まりませんでした」

「では、もう、ここにはスタッフは一人もいないのですか？」

「最後は二人だけになって、ケンとクラーラの二人が、ここの最低限のメンテナンスや掃除をしていたのよ。彼女がやめて、そのあと、ケン一人になってしまいました」

「ケンさんというのは？」

「ケン・ヨウさんです。今も、ここのどこかにいらっしゃるはず」

7

ミニチュアの街から帰還すると、ミュラとヴォッシュが待っていた。このほかにも、警察と情報局の制服が見える範囲に二十人以上いた。ただ、ヘルメットを被り、武器を構えている部隊は、今は近くにいないようだった。どこか別の場所、おそらく屋外へ移ったのだろう。

「やはりあれが、ここの人工知能のようです」ミュラが言った。「自社のPRしかしなかったような気もしますが。ただ、ケン・ヨウが近くにいると話したので、敷地内《しきち》と周辺を丹念に再捜索するように命じました」

「このおもちゃメーカ、えっとクリンメルの創業者を調べた方が良いですね」僕は言った。

「調べてあります。ニュルンベルクで創業したらしく、そのクリンメル夫婦の自宅が保存されています。念のため、確認するよう警官を向かわせました」

「あの古くて小さなコンピュータの指示に、どうして七基ものスーパ・コンピュータが従ったのだろう?」ヴォッシュが言った。「あまり、その、高級な知性を持っているとは思えなかった。人工知能は優秀さが人格のバロメータだ。不適切なリーダの言うなりにはならないはずだが」

「それも、このおもちゃメーカに関係がありそうですね」僕は話した。「おもちゃの世界のルール、あるいは価値観のようなものではないか、と想像します」

「七基の人工知能はいずれも、かつてはおもちゃの製造をしていた工場に配備されていました」セリンが言った。これはクラリスではない。トランスファは現在ここには入れないはずだからだ。ただ、ここへ来る以前に、クラリスがその情報をセリンに伝えたのかもしれない。

「今は落ちぶれていても、それくらい、このメーカは世界に冠たるトップブランドだったのですよ」僕は言った。「かつての恩義を感じて、スーパ・コンピュータが彼女に従ったのではないでしょうか」

「人工知能が、そんな判断をするとは、ちょっと想像ができないが」ヴォッシュが言う。「客観的な価値観では説明ができない。だが、ヴァーチャルを専門に扱う以上、リアルの時代感とはずれてくる可能性はあるね。たとえば、リアルの全世界と、ヴァーチャルのこの街は、どちらが大きいのか、という問題でもある。彼らにとっては、データ量でしか、大きさは測れない。長さや広さや重さといった絶対的な尺度は、架空のもので、存在しないも同然なのだから」

「もう一度、調べ直します」ミュラが言った。これは、セリンの言葉を受けてのものだろう。

「クラーラは、このミュージアムのスタッフだったのですね」ロジが発言した。「どこかに、スタッフのリストがないでしょうか。確認できる証拠が必要です」

「コンピュータの中だとしたら、女王様が握っているのかな」僕は言った。

「さきほどの、事務所ですか、あそこをもう一度調べてみましょう」ロジが誘った。

彼女について、僕とセリンは移動した。ヴォッシュとミュラは、ジオラマの端末を調べるということだった。

再び、地階のスペースへ戻った。コンピュータの本体のある場所だ。今は誰もいない。相変わらず、薄暗く、小型コンピュータのファンの音だけが続いていた。

結局、このコンピュータには、人間と会話をする機能が本来備わっていないこともわかった。音を聞いたり、音を出すことができないらしい。ジオラマの端末を通じてしか、対話ができなかったわけだ。今頃、ヴォッシュが端末で、女王様とコミュニケーションを取っているはずである。

ロジが、すぐに事務関係のデータファイルを発見した。キャビネットの引出しに、カードが収められたファイルがあった。カードリーダらしき装置も見つかった。セリンがデス

ク の上で電源を入れ、それを立ち上げた。ファイルのカードには、西暦が記されていて、順番に並んでいるようだった。

「几帳面《きちょうめん》な人が事務を担当していたのですね」ロジが言った。「ネットには出なかった細かい記録が残っているはずです」

リーダの出力はホログラムで、薄暗い部屋ではかえって鮮明に見ることができた。新しいものから順番に、カードを読み取らせ、内容のインデックスを表示させる。すぐに、クラーラ・オーベルマイヤの名前を検索できた。女王が言ったとおり、五年まえに退職しているようだ。立体の写真が表示されたが、それはヴァーチャルのクラーラとほぼ同じだった。亡くなっていたウォーカロンも、おそらく同一人物だろう、と思われる。

「あ、ここを見て下さい」ロジが指を差した。

出身地の欄に中国の地名があった。ウォーカロン・メーカであるフスの本拠地として知られたところである。そこには、フスの工場や研究所以外には、街もなく、道路も鉄道も、もちろん建物もない。生まれがそこである、とは、彼女がウォーカロンだという意味にかぎりなく近い。

「では、亡くなっていたのは、やっぱり本人だったのですね?」ロジが言った。

「そういうことだね」僕は頷いた。「ヴァーチャルのクラーラは、ここに勤めていたクラーラをモデルにして作られた人格なんだ」

「五年まえに退職して、ハノーファへ移った。そこで経歴を捏造して就職した、ということですか?」

「ほら、ここに、数値解析技師とある」僕は空間に表示された文字を指差した。

「ヴァーチャルのクラーラは、それ以前にインドにいたと話していました」ロジが言った。「そういった過去の記憶の方が、作られたデータだったわけか……」

「そうだね。自分が人間だと思い込んだのも、最初からそう作られたフィギュアだったんだ」

「では、交通事故は、偶然だったのでしょうか?」セリンがきいた。

「そこはわからないけれど、まあ、意図的なものとは思えない。目的がない」僕は答えた。「ヴァーチャルのクラーラがリアルの自分に違和感を覚えたのは、ウォーカロンの判別器の結果が原因だと思う。ちょうど、そのまえに事故があったから、ボディが入れ替わったのだと疑った。それ以前から、プロトタイプとフィギュアでは違いが生じていたわけで、当然違和感が少しずつ大きくなっていたはずだ。でも、ヴァーチャルの彼女は、自分がオリジナルだと思い込んでいる。人間としての過去の記憶がインストールされていたからね」

「リアルのクラーラさんは、判別器の結果に驚かなかったでしょうね」ロジが言った。

「彼女は自分がウォーカロンだと自覚していたはずですから」

「そうだね」僕は頷いた。

「では、自殺した原因は何だったのでしょうか?」セリンがきいた。

「それは、わからない。それを知っているのは、ケン・ヨウ氏だけじゃないかな」僕は言った。「二人は、ここで同僚だった。クラーラさんが退職したあとも、二人のつき合いは続いていたようだ。ケン・ヨウ氏は、たびたびハノーファを訪れていた。彼は、ここの最後の職員だった」

「結局、センタメリカの政変は、ここのフィギュア造形システムが原因だったということですね?」セリンがきいた。「戦争にはならない、もう安心して良いのでしょうか?」

「小さなおもちゃ工場の開発品だった。それが悪用された、というわけでもなさそうだ。なにかの偶然なのか、あるいは手違いなのか、プログラムが一人歩きしてしまって、どんどんヴァーチャルでフィギュアが増殖した。具合が悪いことに、全員が自律系で、自分を人間だと思っている。クラーラさんみたいにね。それで、誰かが、国として独立を目指そうと言い出した。その運動が世界中のヴァーチャルで広がって、あんな結果になったんじゃないのかな。まあ、履歴を丹念に調べていけば、経緯が証明できると思うけれど」

「戦争するにも、おもちゃの軍隊しかなかったというわけですね」ロジが言った。「おもちゃといっても、本物のジェットエンジンを搭載しているわけですから、案外侮れないのかもしれません」

「ミニチュアの技術は、兵器においても最先端だから、きっと紙一重なんだと思う」

「あとは、ケン・ヨウ氏を見つけることですね」ロジが言う。

「王様もね」僕は言った。「女王様がいるんだから、王様もいるはず。おもちゃメーカの創業者なのかもしれないね」

セリンが、まだ浮かない顔をしている。僕は彼女を見つめた。

「あのぉ」セリンは、僕を見返す。「よくわからないのですけれど、作られた人格？えっと、その自律のフィギュアでも、自分は人間だって信じてしまえるものですか？だって、自分で作ったフィギュアです。それに周囲の状況から、そうは考えないように思うんですけれど」

「高い知性を持っていれば、そのとおり、気づくはずだ。でもね、えっと、たとえば、子供のときに人形を動かして、ままごととか、ヒーローと悪者の戦いとかで遊んだこと、なかった？」

「うーん、あまり覚えていません」セリンは首を傾げる。

「人形を動かしているとき、子供は、人形が自分で動いている、と観察するんだ。人形の自由意志で判断し、動いているとね。これが、つまり仮想の自律だね」

「では、あのコンピュータは、人形のクラーラさんを動かしているうちに、クラーラさん本人になってしまったのですか？」

「そう、そのとおり。子供っぽいコンピュータだったんだ」ロジが僕を見ているのに気がついた。「君は、ままごとをしたことは?」
「ありません」無表情で彼女は答えた。

8

ジェット機でハノーファに帰り、情報局内の個室に戻った。夕食は各自の部屋にワゴンで運ばれた。したがって、ヴォッシュたちとも別々だった。僕とロジの部屋には、セリンもいる。いつもの任務では、セリンはだいたい周辺のパトロールに出かけるのだが、今回は外部からの威嚇が考えられない。情報局の防御は鉄壁なので、その必要がない、と判断されたのだ。

連合軍の部隊はまだ解散にはなっていないらしい。七基のスーパ・コンピュータは、ミュージアムが隔絶されたことで投降し、全データと通信履歴を開示することに同意した。事実上、センタメリカの新政府はこれで消滅したことになる。

ヴァーチャルの国民たちは、メモリィ上に残ってはいるものの、現在は活動ができない、つまり全員が眠っているのと同じ状況になった。いずれ、少しずつ解除して、別のヴァーチャルへ移るよう促すことになるのだろう。

リアルの中米の対象地域を捜索していたチームは、ジャングルの中に小規模な通信機器が設置されているのを発見した。だが、当地に立国したとする物理的な設備が存在しないことは明らかになった。このため、世界政府は、この国の独立に対する承認を撤回した。この会議には一時間もかからなかったという。

世界は、実体のないものに苛立《いらだ》ち、一部は怯《おび》えてさえいた。政治評論家は、中米のジャングルに向けてミサイルが発射されなかったことを評価したが、どの国も、そのような作戦は想定してさえいなかったと否定した。

ただし、ドイツの寂れた街にある閉館状態のミュージアムについては、さほど大きくは報道されなかった。これは、情報局が関与し、情報量を抑制した結果だろう。公開されると、「おもちゃに踊らされた」と当局が非難を受けるのが目に見えていたからだ。

しかし、ミニチュアだからといって、またおもちゃだからといって、そのように見下す姿勢は間違っている、と僕は感じた。これと同じく、ほんの一部のちょっとした勘違いから、たとえば軍隊や宇宙開発、あるいは発電事業、そしてウォーカロン・メーカなどの中で暴走的な反応が生じるかもしれない。そのときには、確認不足や議論の行き違いではすまされない結果を招く恐れが充分にあるだろう。

また、人口減少の時代にあって、頭数をヴァーチャルで増やし、民意を捏造して、投票の威を借るような悪意が生まれることに備える必要がある。おそらく、その対処も、今頃人工知能が演算中だろう。

リアルで人間を作ることに成功した人類は、さらに進化した仮想人間を作り出した。これは、リアルの価値そのものが、既にヴァーチャルへシフトしている証《あかし》ともいえる。こういった不正がこれまで出なかったのは、単に、ヴァーチャルの価値が低く見積もられていたからにすぎない。一世紀まえに、この事態は予測できたはずである。

人がヴァーチャルへシフトすれば、肉体を失って、「一人」という概念がやがて曖昧になる。二人が融合したり、反対に、一人が二人に分裂することが当たり前の世の中になるだろう。それこそが、マガタ・シキ博士の共通思考の基礎概念となるものだ。

今から、この方面のことをしっかりと議論し、どこまで許容し、どこまで自由にするのかを決めておいた方が安全だろう。さもないと、人類そのものが暴走することになりかねない。世界が、社会が、ハングアップして、停止してしまうことになる。そうなったときに、誰がリセットボタンを押すのか？

それは、人工知能という神なのか？

クラーラはどうしただろう？　彼女のいた街は、今は閉鎖されている。彼女は活動できない。生きていないのと同じ状況といえる。ただ、死んだわけではない。データはすべて残されているので、いわば冷凍睡眠と同じだといえる。また、なにかの機会に蘇生し、ヴァーチャルで生きることができるだろう。そして、自分が人間ではないというだけではなく、自分を作ったのも、人間でも神でもないことを認めるしかないだろう。

リアルで生きていたクラーラの自殺の理由はわからない。そもそも、自殺の理由というものは、はたしてリアルなのだろうか?

リアルのボディの存在も、リアルの過去の記憶も、ヴァーチャルに生きる人たちには価値のないものかもしれない。だとしたら、自分たちで「人間」というものの価値を作っていくしかないだろう。ヴァーチャルの人たちの歴史は、まだ始まったばかりなのだ。

翌日には、僕とロジは自宅へ戻ることができた。セリンも日本に帰っていった。僕は午後から木を削る作業を始めたし、ロジはクルマの点検をしたあと買いものに出かけた。

ドイツ情報局から荷物が届いた。十センチくらいの小さな箱で、普段だったら、ロジが帰ってくるまで開けないのだが、とても軽かったので、危険物ではないだろう、と勝手に判断して包装を解いた。

外側の紙を除くと、子供へのプレゼントのような包装紙に包まれた箱だった。リボンはなかったが、カードのメッセージが添えられていた。それは、クリンメルのロゴと、〈いつもあなたとともに〉と一字ずつ色違いの文字が記されていた。

さらに開けてみると、出てきたのは、おもちゃの人形で、民族衣装の太った女性だった。それを取り出して作業台の上に立ててみた。

スカートが広がっていて、安定している。つまり足はない。スカートが躰を支えているのだ。おもちゃの街に降臨したとき、ロジがなった女性に似ている。

「グアト、私です」突然人形がしゃべった。「メガネがなくても、これでいつでも話ができます」

「なんだ、君か」僕は息を漏らした。クラリスである。「ロジが怒りそうな人形だ」

「そのような意図は、私にはありません」

「それはわかっているけれど。これを送りつけて、おしゃべりがしたかったわけ?」

「二十パーセントは、それが理由です」

「八十パーセントは?」

「これを置いてもらえば、ここでの私の活動が強化され、グアトとロジさんの生活がより安全なものとなります」

「あそう……」僕は頷いた。「ロジに、ちゃんと説明をしてね、自分で」

「クラーラさんのアパートから、警察のロボットが引き上げました。捜索は打ち切りとなりました」

「そうなるだろうね」

「このような報告は、不必要ですか?」

「うーん、まあ、どちらでも良いといえば、そうかもしれない。いいよ、暇だから続けて」

「屋上で飼われていた鳩はいなくなりました」

「隣の人が餌をやらなかったから?」

「いいえ、餌をやっていた、と警察には話しています」

「どこへ行ったの?」

「それはわかりません」

「君でもわからないことがあるんだね」

「あの鳩は、ナチュラルです。発信機も付けていません。自然観察は、得意分野ではありません」

「たぶん、あのツリーハウスに戻ったんじゃないかな。主人の元へ」

「主人はクラーラさんですが、彼女は死にました」

「そういうことは、鳩にはわからないし、あの場所から飛んだことだけを覚えているかもしれない。ああ、それとも、あのミュージアムへ行った可能性もあるね。あの街の、クラーラさんが以前にいたところかもしれない」

「鳩がどこへ行ったか、重要ですか?」

「全然」僕は首をふった。

「警察は、クリンメルの創業者の自宅を捜索しました」クラリスが報告を続ける。「広い庭園を伴った屋敷《やしき》ですが、現在は空き家となっています。事件に関係するような証拠品は発見されていません。また、ケン・ヨウの行方もわかっていませんが、アミラの演算では、彼は人間でもウォーカロンでもなく、ロボットである確率が最も高くなりました。捜索が進み、新たなデータを入力した演算結果です。ただし、現在登録されている正規の人間型ロボットではありません。したがって、私的な目的で製作されたものといえます。おもちゃメーカが独自に開発したロボットかもしれません」

「なるほど、その可能性がある？」

「あります。五十年ほどまえに、そういったプロジェクトが存在していました。おそらく、人間をプロトタイプとする自律系ミニチュア・フィギュアの開発よりも、そちらがさきだったのでしょう」

「おもちゃとして、売ろうとしたわけか……」

「商機としては、遅すぎましたね」

「アミラは、彼がどこにいると演算している？」

「どの確率も、特に高いものではありませんが、どこかに隠れて、そのままエネルギィ切れになった確率が最も高いようです」

「クラーラさんと同じような末路だね」

「既に情報局は捜索を打ち切りました。警察も一週間後に捜査本部が解散となる予定です」

「見つけても、もう価値はないということか」僕は溜息をついた。

人間は、今や死を迎えない。それに比べると、ロボットは劣化し、いずれは旧型となって廃棄される。これは、人間以上に生物らしい。

ウォーカロンも同じことがいえるかもしれない。人工臓器を取り入れ、お金をかけて若返りをするのは、主に人間である。それは、人間が富を握っているからだ。ウォーカロンは、まだ完全には人間社会の仲間入りを果たしていない。ようやく、友人や協力者になった者もいるにはいるが、比率としては少数だろう。多くは、働き手として社会で活動している。人間を助けるために生かされているといえる。よほど人間に気に入られないかぎり、つぎつぎと延命の手術を受けることは稀《まれ》だろう。その意味で、まさに人間とロボットの中間的な位置にあるといえる。

では、ヴァーチャルの人間はどうだろうか？

ヴァーチャルにシフトすれば、リアルで人間かウォーカロンだったかは、さほど問題にならないはず。道義的には平等だといわれているが、厳密な法整備は遅れている。今回のように、人工知能が生み出した人間は、どうなるのだろう？　まったく無視される存在なのか、それとも、いずれは人間の友となり、仲間に加えられるのか……。

共通思考でマガタ・シキが見据えている未来は、きっとそれらがすべて同じ生命となったさきのことにちがいない。

そうでなければ、一つにはなれないような気がする。

9

僕とロジは、おもちゃメーカの創業者クリンメル夫妻の邸宅を訪れた。警察のロボットがそこに常駐していて、情報局が、自由にご利用下さい、と知らせてきたからだ。以前のクラーラの部屋と同じように、ロボットの目を通しての訪問である。

あのミニチュアの国の王様について僕が話すと、もともといなかったのではないかと、警察も情報局も受け止めているようだった。

たしかに、お伽話《とぎばなし》などには、女王しか出てこないものが多い。必ず男女が結婚をした時代ならともかく、現代では、女王の伴侶《はんりょ》が必ずいて、しかもその人物が王だという保証はない。それはそのとおりである。

そんな理屈ではなく、なんとなく、僕はあの国の王の存在を感じていたのだ。だから、それはおそらく、クリンメルの創業者にちがいない、とイメージしていた。資料を調べて、髭《は》を生やしたその人物の写真も見ていたので、王様の風貌も、僕の頭の中では彼だった。

したがって、邸宅の中にロジと二人で立ったときにも、今にもその王様が姿を現すという予感を持っていた。

古い典型的なヨーロッパ住宅で、前庭からの眺めも絵や映画に出てきそうなものだった。室内は暗かったけれど、これは照明が半分以上機能していないためらしい。そもそも、こういった住宅のデザインは、ランプという火を使った灯《あか》りに頼った当時に確立されたスタイルなのだ。

一階には、広間や応接間、食堂あるいはキッチン、そして使用人の部屋や倉庫がある。二階が主に居住スペースで、書斎、仕事室、寝室などがあった。コレクションの模型を飾った部屋もあり、鉄道とクルマのミニチュアが壁に備え付けの棚に整然と並んでいた。この陳列室には窓はなかったが、照明は完備し、屋敷では最も明るかった。

僕とロジは別々のロボットを使って見学していたから、今回は二人が一心同体ではない。気がつくと、もう一人のロボット、つまりロジがいなくなることもあった。

ミニチュアの棚を眺めていると、ロジが部屋に入ってきた。

「王様はいましたか?」ロジが尋ねた。

「いや、見つからない」

「探していますか?」

「どこかの車両に乗っているんじゃないかと思って、見ているんだけれど……」

「もし見つかっても、もうなにかの秘密を隠しているわけでもないと思いますよ」

「そうだね。王様が秘密を隠しているなんて、相応しくない」

「王様は、どんなサイズなのでしょうか？　女王様がミニチュアだったから、同じサイズを想像していましたけれど、もっと大きいのでは？」

「うん、つまり普通の人間サイズ？　それだったら、とっくに見つかっているよ」

「あのミニチュアの街にいたとき、周囲でジオラマを見ているはずの人たちが見えませんでしたよね。もし見えたら、巨人みたいに、ビルや山のむこうに大きな顔があったと思いますけれど」

「画像処理されていた」僕は頷いた。「えっと、王様があのサイズだったということ？」

「そうです。だから、王様は姿が見えないように処理されていたのでは？」

「面白い発想だね。古代の神様がそんな具合だと思う」

「神様が？」

「もの凄く大きいんだけれど、人間の頭脳が画像処理して、姿が見えなくなっていたんだ」

「えっと、どういうことですか？」

「恐れ多いものは、見えなくなる。見てはいけないと教えられる。偶像崇拝を否定する宗教だってあるしね。あの世界では、王様はリーダというよりも、すべてを作った存在なんだから、神様と同じだ」

「うーん、それはそうですけれど、でも、作るだけで、なにもしない神様って、いますか?」ロジが言った。「なにもしない、口も出さない、人々との対話もなし?」

「そうか……、それでは、神様の存在自体が危ぶまれるなぁ」

展示室から出て、通路を歩く。ロジもついてきた。もう見るべき部屋はすべて見たことになる。この見学は空振りだったかもしれない。

そもそも、今回の事件とはほとんど関係がないし、クラーラもケン・ヨウも、この家に勤めていたわけではない。このロボットたちも、まもなく撤収となるのではないか。

通路の端は、一階へ下りる階段だったが、突き当たりの壁に窓がある。ロジがそこから外を覗き見た。先日のクラーラの部屋では、ドローンが覗いていたが、今はそのようなこともない。日は高いところにあって、窓からの日差しは、階段の方へ斜めに向かっていた。

「このまえのドローンは誰が放ったものでしょう?」

「それは、僕たちを襲いにきたトランスファと同じ。むこうの人工知能の一部が、危機を感じていたんだね。不正を暴かれることを恐れて」

おそらく、七基のスーパ・コンピュータのうちのどれかだろう。情報局は、既に特定しているはずだ。ただ、人間の犯罪者のように裁く法律はない。

窓の光に一瞬の変化があった。

「あ、あれは?」ロジが言った。

彼女は、鋼鉄製の窓に近づき、それを外へ押し開けた。

僕も近くまで行き、外を見る。

窓の外、すぐ下、壁から出っ張ったところがあった。下階の庇《ひさし》なのか、コンクリート面が左右に伸びていた。さらに身を乗り出して窺うと、別棟の壁と交わる箇所に一羽の鳩が見えた。

「あのときの鳩ですか?」ロジがきいた。

「どうかな……」僕にはわからなかった。

脅かしてもいけないので、ゆっくりと窓を閉めることにする。食べるものがあるのだろうか、と心配したが、今の僕たちにはなにもできない。なにしろ、僕もロジも、遠く離れたところにいるからだ。

今でも、鳩を両手に持ったときの温《ぬく》もりを思い出すことができる。

それは、ロボットでも、ウォーカロンでも、きっと同じ温もりだろう。

エピローグ

それから二日後、僕は、王様がどこにいるのかという問題を解いた。

それは、ロジが言った「作るだけで、なにもしない神様って、いますか？」

という疑問がヒントだった。

それこそが、共通思考だったのだ。

あの街のフィギュアたちすべて、もちろんクラーラや女王様、そしてもしかしたらケン・ヨウも含めて、すべての国民の思考を一手に引き受けているのが、あの国の王にちがいない。

それは、ミニチュアの街を見下ろす巨人の神よりも、もっと大きくて、姿が見えない。なにもしないし、誰も見ることができないけれど、すべての人々の心に通じている存在である。

それがわかった、と僕が考えたところで、なにも変わらない。

確かめることはできない。

どのようにしたら、それが実現できるのかもわからない。しかし、マガタ・シキは二百年もまえにそれを発想し、その構築のためのプログラムを百年まえには完成させたという。それらのプログラムは、現在世界中に普及しているチップの基本部分に潜んでいる、といわれているのだ。

だが、誰もが、それを見ることができない。

まさに、神のような存在といえる。

ということは、世界のすべてを監視し、すべての計画を立て、今後のすべてを作り出していく人工知能にも、そのプログラムが、まるで生きものの本能のように染《し》み込《こ》んでいるのだ。トランスファにもウォーカロンにも、それは生きているだろう。

人間はどうだろうか？

人間も、周囲の環境に馴染むうちに、それらを受け入れているのかもしれない。ヴァーチャルへシフトする人が増加していること、リアルでは人口減少の一途《いっと》を辿《たど》っていること、長寿と不死を手に入れて自らを機械化しつつあること、すべてが、百年まえにプログラムされていたのではないか。

想像すると、それは恐ろしいという感覚を超えている。

もしかしたら、嬉しいのかもしれない。

悲しいのかもしれない。

楽しいのかもしれない。

どのような感覚なのか、想像もできない。どのような感情もすべて呑み込んでしまって、新しいステージへ、それは到達するのではないか。

もはや人間ではない。人間を超えた存在へシフトしていくのだろう。

共通思考を手に入れた新人類は、あるとき、自分たちのリアルがどこに存在するのか、と不思議に思うかもしれない。それは、クラーラがリアルの自分を見失ったのと同じだ。

太古から長い歴史を生きてきた人類は、一体化した一人の生命体となって、この地球上の最後の生物となるのかもしれない。そのとき、彼のボディはどこにあるのか。それは、地球しかない。リアルに存在するのは、この一つの惑星だけだ。一つになったものは、一つだけしか存在しない球体の魂《たましい》となれるだろうか。

だが、今はまだ、そこまでには至っていない。

僕たちは、鳩がどこへ飛び去ったかも知らない。

あの人がどうして、自らの命を絶ったのか知らない。

自分一人だと寂しくなる理由も、わからない。

いくら肌を触れ合っても、いくら愛して合っても、身近な人の気持ちがわからない。

おそらくは、そういう障害をすべて取り除こう、と彼女は考えたのだろう。

そう、マガタ・シキという一人の天才は、自分が一人だということに疑問を持ち、それに抵抗したのだ。その孤独を打ち砕《くだ》くために構築されたプログラムこそ、共通思考であり、そしてそれは、今のこの社会そのものの未来でもある。

ヴァーチャルの電子技術の開発研究は、八十年ほどまえが最盛期だったといわれている。実際の技術的発展は少し遅れてやってきた。エネルギィ問題の解決が拍車をかけ、電子界は無尽蔵に拡大を続けた。

ただ、同じ種が多数になった場合、その種に寄生するものが増殖し、その結果としてパフォーマンスの限界を迎える。また、その多数支配に反発する勢力が放つウィルスによっても、画一的なシステムはダメージを受ける。

こうした自浄作用とでも呼ぶべきウェーブで、新たな均衡に至った。それが現在の電子界といえるだろう。

僕は、これらをずっと見てきた。

こんなに長く生きるとは、子供の頃には考えてもみなかった。

時代が移っていく速度は、次第に落ち始めた。科学技術の進展は続いていても、それを社会に還元する技術には経済的な限界がある。人口が減り、リアルの社会はすべての面において収縮している。

ヴァーチャルは、鈍《にぶ》い速度で発展を維持しているものの、これも無限に拡大することはありえない。生まれるものがあれば、死滅するものもある。それは、リアルの場合と変わらない。

人間をヴァーチャルで創造しても、結局それは拡大的発展には結びつかない。あくまでもミニチュアの街のフィギュアであって、街の人々が知ることのない外側の世界において、廃墟のように見捨てられる存在になるだろう。

僕には、この地球が小さくなって、この世界全体がミニチュアになっていく未来が想像できた。ヴァーチャルへのシフトは、それに似ている。エネルギィ的にも有利になるし、環境維持の課題も各段に容易なものとなるだろう。

そんな未来人は、昔の人類の遺跡を、巨大遺跡として見上げるのだろうか。

王様は、大きな鳩に乗って、あの街を去ったのかもしれない。

人が作った街は、世界のほんの一部に過ぎないことを、鳩とともに、空から眺めたかもしれない。

人権というものは、個人を尊重し、一人ひとりを平等に扱う原則に根ざしている。

政治的な判断は、従来投票による選挙で決定された。

しかし、人の数を増やせば、それが力に結びつく時代は終わった。大勢いれば勝てるという意識は過去のものになった。子供を産んで人の数を増やすことができなくなったからではない。ウォーカロンやロボットが少しずつ人に近づき、一人の価値が相対的に薄れてきたからだ。

それに加えて、ヴァーチャルがリアルと相対するようになって、ますます、人間一人という概念が曖昧になってしまった。人格を作り出すことができ、つまりは人を生産することが可能になった。

だが、大昔から、人は生産されていたのだ。

子供を産むことができた。ロボットを作って働かせることもできた。

ウォーカロンが認められ、人間に限りなく近いものが生産されている。

ヴァーチャルの人格生産の不正は、いったい何がいけなかったのか？

僕にはそれがわからない。

もしかして、先進的な、未来的な指向だったのかもしれないではないか。

考えれば考えるほど、わからなくなる。

一人で考えているから、このジレンマになるのか。

みんなで考えれば、解決できる問題なのか。

人間とは何だろう？

人間が存在するのは何故だろう？

僕は、どうして僕なのか？

僕は、本当に一人なのか？

ただ……

考えることは、苦しくはない。
解決できないことも、苦しいことではない。
だから、
もうしばらく、
考えていこう、と思う。

森博嗣著作リスト

（二〇二二年四月現在、講談社刊）

◎S&Mシリーズ

すべてがFになる／冷たい密室と博士たち／笑わない数学者／詩的私的ジャック／封印再度／幻惑の死と使途／夏のレプリカ／今はもうない／数奇にして模型／有限と微小のパン

◎Vシリーズ

黒猫の三角／人形式モナリザ／月は幽咽のデバイス／夢・出逢い・魔性／魔剣天翔／恋恋蓮歩の演習／六人の超音波科学者／捩れ屋敷の利鈍／朽ちる散る落ちる／赤緑黒白

◎四季シリーズ

四季　春／四季　夏／四季　秋／四季　冬

◎Gシリーズ

φ《ファイ》は壊れたね／θ《シータ》は遊んでくれたよ／τ《タウ》になるまで待って／ε《イプシロン》に誓って／λ《ラムダ》に歯がない

／η《イータ》なのに夢のよう／目薬α《アルファ》で殺菌します／ジグβ《ベータ》は神ですか／キウイγ《ガンマ》は時計仕掛け／χ《カイ》の悲劇／ψ《プサイ》の悲劇

◎Xシリーズ

イナイ×イナイ／キラレ×キラレ／タカイ×タカイ／ムカシ×ムカシ／サイタ×サイタ／ダマシ×ダマシ

◎百年シリーズ

女王の百年密室／迷宮百年の睡魔／赤目姫の潮解

◎ヴォイド・シェイパシリーズ

ヴォイド・シェイパ／ブラッド・スクーパ／スカル・ブレーカ／フォグ・ハイダ／マインド・クァンチャ

◎Wシリーズ

彼女は一人で歩くのか？／魔法の色を知っているか？／風は青海を渡るのか？／デボラ、眠っているのか？／私たちは生きているのか？／青白く輝く月を見たか？／ペガサスの解は虚栄か？／血か、死か、無か？／天空の矢はどこへ？／人間のように泣いたのか？

◎WWシリーズ
それでもデミアンは一人なのか？／神はいつ問われるのか？／キャサリンはどのように子供を産んだのか？／幽霊を創出したのは誰か？／君たちは絶滅危惧種なのか？／リアルの私はどこにいる？（本書）

◎短編集
まどろみ消去／地球儀のスライス／今夜はパラシュート博物館へ／虚空の逆マトリクス／レタス・フライ／僕は秋子に借りがある　森博嗣自選短編集／どちらかが魔女　森博嗣シリーズ短編集

◎シリーズ外の小説
そして二人だけになった／探偵伯爵と僕／奥様はネットワーカ／カクレカラクリ／ゾラ・一撃・さようなら／銀河不動産の超越／喜嶋先生の静かな世界／トーマの心臓／実験的経験／馬鹿と嘘の弓／歌の終わりは海／オメガ城の惨劇（二〇二二年十月刊行予

定）

◎クリームシリーズ（エッセィ）

つぶやきのクリーム／つぼやきのテリーヌ／つぼねのカトリーヌ／ツンドラモンスーン／つぼみ茸ムース／つぶさにミルフィーユ／月夜のサラサーテ／つんつんブラザーズ／ツベルクリンムーチョ／追懐のコヨーテ

◎その他

森博嗣のミステリィ工作室／100人の森博嗣／アイソパラメトリック／悪戯王子と猫の物語（ささきすばる氏との共著）／悠悠おもちゃライフ／人間は考えるFになる（土屋賢二氏との共著）／君の夢　僕の思考／議論の余地しかない／的を射る言葉／森博嗣の半熟セミナ　博士、質問があります！／庭園鉄道趣味　鉄道に乗れる庭／庭煙鉄道趣味　庭蒸気が走る毎日／DOG&DOLL／TRUCK&TROLL／森には森の風が吹く／森籠もりの日々／森遊びの日々／森語りの日々／森心地の日々／森メトリィの日々／アンチ整理術

☆詳しくは、ホームページ「森博嗣の浮遊工作室」を参照
(https://www.ne.jp/asahi/beat/non/mori/)

冒頭および作中各章の引用文は『ロスト・シンボル』〔ダン・ブラウン著、越前敏弥訳、角川文庫〕によりました。

〈著者紹介〉

森 博嗣（もり・ひろし）

工学博士。1996年、『すべてがＦになる』（講談社文庫）で第１回メフィスト賞を受賞しデビュー。怜悧で知的な作風で人気を博する。「Ｓ＆Ｍシリーズ」「Ｖシリーズ」（共に講談社文庫）などのミステリィのほか『スカイ・クロラ』（中公文庫）などのＳＦ作品、エッセィ、新書も多数刊行。

リアルの私《わたし》はどこにいる？

Where Am I on the Real Side?

2022年４月15日　第１刷発行　　定価はカバーに表示してあります

著者…………………………森 博嗣《もりひろし》

発行者…………………………鈴木章一

発行所…………………………株式会社 講談社

〒112-8001 東京都文京区音羽2-12-21

編集03-5395-3510

販売03-5395-5817

業務03-5395-3615

KODANSHA

本文データ制作……………講談社デジタル製作

印刷…………………………株式会社ＫＰＳプロダクツ

製本…………………………株式会社国宝社

カバー印刷…………………株式会社新藤慶昌堂

装丁フォーマット…………ムシカゴグラフィクス

本文フォーマット…………next door design

ISBN978-4-06-526806-3　N.D.C.913　282p　15cm

講談社
タイガ

WWシリーズ

森 博嗣

それでもデミアンは一人なのか？

Still Does Demian Have Only One Brain?

photo
Jeanloup Sieff

楽器職人としてドイツに暮らすグアトの元に金髪で碧眼《へきがん》、長身の男が訪れた。日本の古いカタナを背負い、デミアンと名乗る彼は、グアトに「ロイディ」というロボットを探していると語った。

彼は軍事用に開発された特殊ウォーカロンで、プロジェクトが頓挫《とんざ》した際、廃棄を免《まぬが》れて逃走。ドイツ情報局によって追われる存在だった。知性を持った兵器・デミアンは、何を求めるのか？

講談社タイガ

WWシリーズ

森 博嗣

神はいつ問われるのか？

When Will God be Questioned?

photo
Jeanloup Sieff

アリス・ワールドという仮想空間で起きた突然のシステムダウン。ヴァーチャルに依存する利用者たちは、強制ログアウト後、自殺を図ったり、躰に不調を訴えたりと、社会問題に発展する。

仮想空間を司る人工知能との対話者として選ばれたグアトは、パートナのロジと共に仮想空間へ赴《おもむ》く。そこで彼らを待っていたのは、熊のぬいぐるみを手にしたアリスという名の少女だった。

講談社
タイガ

WWシリーズ

森 博嗣

キャサリンはどのように子供を産んだのか？

How Did Catherine Cooper Have a Child?

photo
Jeanloup Sieff

国家反逆罪の被疑者であるキャサリン・クーパ博士と彼女の下を訪れていた検事局の八人が、忽然《こつぜん》と姿を消した。博士は先天的な疾患のため研究所に作られた無菌ドームから出ることができず、研究所は、人工知能による完璧なセキュリティ下に置かれていた。

消えた九人の謎を探るグアトは、博士は無菌ドーム内で出産し、閉じた世界に母子だけで暮らしていたという情報を得るのだが。